「——女子大生、ね」
笹木さんたちが去ると
辺りは静けさを取り戻した。
不思議に思って振り返ると、
夏川が半目になってこちらを見ていた。
「…………ばか」
夢見る男子は
現実主義者
yumemiru danshi ha
genjitsusyugisya

♥ 舞台裏、“戦友”たちの
束の間の休息――♥
「ほら飲み物。お疲れ」

「……ぁの……えと……
入り口の、募集を見て………」
え、アルバイト募集？　え？　マジで？
それを見て来たって事はここで
アルバイトしたいって事だよな……一ノ瀬さんが？

夢見る男子は現実主義者３

おけまる

HJ文庫
908

口絵・本文イラスト　さばみぞれ

1章 ♥ おっ

夏休みを利用した小遣い稼ぎのバイト。個人経営の小さな古本屋というのもあってか、一週間で仕事の内容をあらかた覚えることができた。中学の頃にこっそりやってたバイトの経験が活きてんだろうな。そういう意味じゃ確かに事務系は得意かもだけど「じゃあ生徒会に――」ってのはまた話が違ぇんだよな。ちょっと長所かなって思ってたけど今は余計にしか感じられねぇわ……雑務、そう雑務を伸ばそう。責任ある仕事とか少なそうだし。頭使わず体動かしてる方が好きかもしんない。

気持ちを切り替えて古本屋に到着。店主の爺さんに挨拶してると、耳に入ってくる音がいつもと違うことに気付いた。俺が貼り付けたポップに便乗して店内に音楽を流す事に決めたという。一気にレンタルCDショップ感が増したけどこれで良いのかね……しかも何気に流行りの曲だし。

違和感を覚えながら買取本の整理をしてると、意外とノリノリで手が進むことに気付いた。すげぇなJ‐POP、帰りは久し振りにイヤホン嵌めて帰るかね。

「あ。あの店員さん。CDってどこに置いてますかね？」

「……」

流した音楽が早くも裏目に出た。勘違いするお客さんが続出。こいつぁ……新しいポップ作りますか。まさかポップでJ‐POPを牽制する日が来るとは思わなかったよ、古本屋っていったい何なわけ？　古本屋か。

客が居ない間にレジ内の机でカラーの厚紙をチョキチョキしてると、不意にレジ越しに肩を叩かれた。お客さんかな？　本好きの人って全く喋んない人とか居るから困んだよな……普通に話しかけてくりゃ良いのに。

「はいただいま――あれ？」

「こんにちは、佐城さん」

「えっと……」

お淑やかな微笑みと溢れ出る大人のお姉さんオーラ。大学のキャンパスへの行きがけ感の半端なさ。何度見返しても変わらないプライスレスなスマイル。

――女子大生の笹木さんが飛び出して来た！

や、飛び出してねぇか。飛び出して来て欲しくはあるけどな。むしろ俺が飛び出して良いですか、笹木さんすっごいふかふかしてそ――ぐっは、何か考えるだけで罪悪感が。

今日の服装は前回のヒラヒラした感じとは違って涼しげな七分丈のパンツルック。パリッとした生地のクリーム色のジャケットでお堅い恰好かと思いきやノースリーブで肩を出してたりしちゃって視線がまぁー白い腕に引き寄せられる引き寄せられる。

実際に目の前にすると凄い色気が……出てる肩の艶が光線吹いてんじゃねぇのかってくらい眩しいんですけど。こんな古本屋簡単に吹き飛んじゃうよ……すまんな爺さん。

「お久しぶりです笹木さん。一週間ぶりですね、古本屋に立ち寄るって事は、よく本を読まれるんですか？」

「お久しぶりです――はい、私は読書が趣味なので……必ず何か本を持ち歩くんです」

「まさかまた会うとは……この近くに住んでるんですか？」

ん、いや、ちょっと待て俺。女性に向かってなにいきなり住所探るようなこと言ってんだよ。こんなに綺麗な人が男に対して警戒心抱かずに生きて来てるわけねぇだろ。一発アウトだよこの野郎、もう嫌われたわ。

「はいっ、そうなんです」

……あ、あっれ？　スゴく良い返事……え、ちょっと待って何この笑顔、純粋過ぎない？こんな綺麗な人が中学高校と野郎どもから好奇の目に晒されてこんな純白に育つもんなの？　おいおい捨てたもんじゃねぇな今の日本！　新時代の幕開けだぜ！

「この前はアルバイトをなさっていると聞いていましたが、本屋さんでされてたんですね！　お会いできて嬉しいですっ」

「嬉しいのは俺の方ですよ、笹木さん。前より大人っぽさに磨きがかかってますね。今日はキャンパスへの行きがけですか？」

「そ、そんな大人っぽいだなんて……照れちゃいます。あ、でも私の学校はキャンパスなんて感じじゃないんですよ？」

　恥じらう様子の笹木さん……ご飯、何杯行けっかな。今までこの人に告白して儚く散って行ったイケメンどものことを考えると余計に箸が進むぜ。ぐぇっへへへ。

「……え、そうなんですか？」

「はい、女の子しか居ないので……そんなに開放的な感じじゃないんです」

　なん……だって？　笹木さんは〝綺麗な女子大生〟だけじゃなく〝女子大の綺麗な女子大生〟だったってのか⁉　何なんだよそのブランド感ッ……もう肩に触れるだけでお金取られそうなんですけど！　……いくらですか。

「成る程……笹木さんが大人っぽさと純白さを兼ね備えてるのはそのためですか。納得しました」

「ふふふ、もう慣れました。佐城さんは直ぐに褒めるんですから」

「ふぐぅ」

堪らず呻き声出ちまった。なに、俺はそんなに汚れてたの……？　あまりの眩しさに体全体がチリチリと浄化される感じがすんだけど。消し飛ぶのは俺の方だったわけか……爺さん、バイトが今日から居なくなります。ごめんなさい。

……はぁ、しっかし余裕そうだな笹木さん。わかってはいたけど、俺の事なんて全く男として意識してなんかいなそうだ。せいぜい〝年下の男子高校生〟が関の山か。それはそれで何か甘えられそうでお得感あるけど……いや何考えてんだよ。今は店員だろ、最低限の礼儀を忘れるな俺っ。

邪念を振り払って笹木さんに向き合うと、彼女は急に真面目な顔になって俺に頭を下げた。

「改めて、先日はコウくん――弟を助けていただきありがとうございました。佐城さんのお陰で大事に至らなくて済みました。言われた通り、ランドセルも確認しましたが特に傷は無く……凄く安心しました」

お、おぉ……え？　弟って……あ、光太君のことか。笹木さんの大人の色気にやられてであった時の記憶吹き飛んでたわ。そういや何気に善い事したんだよな、俺。

「ああ、それは良かったです。……その後、光太君はどうですか？　外が怖くなって出られなくなったとか……」

早いうちに引きこもりとかなるとこの先の中学生活で差し支えるからな。学校で気まずくなってひそひそと陰口言われるようになったら大変だ。来たる中学校生活が小学生の時点から憂鬱になるなんて流石にきつい。

「佐城さんの存在がとても大きかったんだと思います。今日も外に出て遊んでますよ。人気の無い場所には近付かないって言ってました」

「まぁ、身をもってその怖さを知ったでしょうから……それは良かったです。それに、そのお陰と言っちゃアレですけど、今回の事をきっかけに悪い方向には進まないんじゃないですかね」

「はい、そうなってくれたらと私も思います。恥ずかしながら……私もあまり男の人と話したことが無かったのでとても勉強になりました」

「えっ」

男と喋った事が無い……だって？　結構な箱入り娘さんだな……いやいや、そりゃそうだろうよ。俺が父親だったら男から絶対遠ざけるもん。『大人になったらパパと結婚する！』を絶対鵜呑みにするタイプだから。何なら婚姻届を書かせてずっと持っとく（狂）

「何というか……とてもご両親に大切にされてるんですね」

「そ、そうなんですけど……過保護というか」

その割に内気な感じはしないけどな。やっぱり女子大生だから？　やっぱそのくらいになるとただの学生とは一線を画すんだな。陰キャラも陽キャラも歳さえ取れば大人になるわけだ。大学生も学生っちゃ学生だろうけど、高校生と違って色んなもん自分でやんなきゃいけないらしいし……高校生のガキ相手に物怖じしてる場合じゃないんだろうな。

「それで――」

普段は閑古鳥の鳴く古本屋。そのお陰かレジを挟んでいながらも笹木さんと談笑することができた。本の話題にはほとんど付いて行けなかったけど、気を遣ってくれたのか当たり障りない会話で話を広げてくれた。何なのこの抱擁感……目の前に立ってるだけで甘い匂いに包まれる感じが……。

いや、やっべぇんだよ……目の前に立たれるとこう、結構大きめなアレがすっごい視界に入ってですね？　これはあれかな？　〝いつでも来て〟っていうメッセージを秘めてるのかな……？　ガチで頼んだら困り顔で抱き締めてくれそうなのがまた背徳感を呼びますな……。

や、マジでこのお姉さんヤバいわ。何かこのままで居ると呑み込まれそうっつーか。名残惜しさ半端ないけど、ここはちょっと近いって言って――

「あ、佐城さん。髪にホコリが……」

「……っ………」

ちょっと僕のお母さんになってくれませんか。

◆

ゲームやラノベは脳科学的に何の勉強の役にも立たないなんていう主張があるけど実際どうなんだろう。某戦国ゲームや、歴史をテーマにしたラノベのお陰で中学時代は安土桃山から江戸時代にかけての出題に多少は役に立った。教師が満点対策のために出題した問題の答えがゲームの中で当たり前に存在するアイテムの一つだったなんてミラクルも存在した。クラスで頭の良い奴が分かんなかった問題に正解した時の爽快感は今でも忘れられない。

最近のファンタジーものにしてもそうだ。その国の政治問題なんかもテーマになったりして思わず「じゃあ日本はどうなの」なんてちょっとググった記憶も少なくない。ゲーム内だけのものと思いきや実際に施行されてる政策の一つだったってのもしょっちゅうだ。現代文では登場人物の心情なんざ答えを探さなくてもある程度は予測できるようになった。

偏見でサブカルチャーを忌避して参考書片手に勉強してる全ての学生に告げるわ。堅苦しさに囲まれて「そんなんでモチベーション維持できんの?」って。

できません、ゲームします。

「あぁ～、癒やされるぅ……」

何も考えずひたすら敵を薙ぎ倒してストーリーを進める作業。やっべぇこのゲーム勉強にフィードバックできる要素欠片も無ぇじゃん……全年齢対象だもんなこのゲーム。

でもね、とても楽しいの……あ、死んじまった。

「あぁ～………あ?」

頭を使わないと意識が宙に浮く。そんな危険な感覚に浸ってふわふわしてると、机に置いてあるスマホが震えてガタガタと派手な音を鳴らした。時々めっちゃデカい音鳴ってビビるんだよな。

「んげっ……いつの間に」

画面に表示される通知を無視してホーム画面に移動すると、メッセージアプリが『+999』とえげつない表示になってた。何これ?　急に友だち増えた?　全くっ……陽キャラはツラいぜ!

「クラスのか」

毎晩寝る前に通知オフにしてるグループチャット。夏休みに入ってからは夜中から朝までずっと喋り続ける奴とか居て面倒なんだよな。……あれ？　ダイレクトメッセージ来てんじゃん、全然気付かなかったわ。えっと……え？　飯星さん？　超珍しいんだけど。マジレアキャラじゃん一体何事？

【夜中騒がしくなるから別のグループできちゃったんだけど……他に選んだ人と一緒に佐城くん招待しようとしたら他の子に取り消されちゃった……ゴメンナサイ】

お、おう……そうですか……。

あー、まぁその、うん。入学して半分以上は騒がしくしてたから煙たく思ってる奴が居てもおかしく無いと思うし、夏休み初日は俺も真夜中トークに参加してたから仕方ないわな。でも、〝他の子〟って言い方間違い無く女子ですよね……？　うわー聞きたくなかったなー。

【別に良いって、俺も騒がしい方だし】

別に自分の印象を気にしてるわけじゃないけど、嫌われたくはない……。前は夏川さえ良けりゃの話だったけど、今じゃ人並みの体裁っつーものを気にしてるわけで……クラスの中に俺をつま弾く女子が隠れてるって結構きついもんだな……姉貴、俺やっぱ生徒会向きじゃねぇよ。

【逆によく俺を入れようと思ったな？】

夜中の会話に参加してたのは飯星さんも見てたはず。なのに俺を加えようと思ったのは何でだろう。お、既読付いた。

【佐城君って割と人の顔色見るタイプじゃない？　夜中騒がしい時も受け身だったし。別に問題あるように見えなかったから】

ええ……？　俺ってそんな風に思われてんの？　学級委員長だからか知んないけどやっぱ飯星さんってよく人を見てるよな。席近くなったら気を付けよ……。

【夏川もそのグループ居んの？】

【居るわよ。あ、芦田ちゃんも弾かれちゃった】

まぁ夏川は当然だわな……え？　芦田が？　どんな審査員なのその女子。確かに騒がしいとこあるけど女子からは頼りにされてるって印象なんだけどな……不思議。

【お、やったわね佐城くん！　夏川さんが一言断ってグループ抜けたらみんな抜けてったわ！　これで新グループは無しかな！】

え、ちょっと……何その急展開？　いったい飯星さんは何を実況してくれてるんですかね……。まぁちょっと嬉しい感じがあるのは否めないけど……夏川抜けちゃったのか。確かに芦田を弾いたグループには居づらいわな。にしても夏川のインフルエンサーっぷりはそこまで来てたのか、お父さん嬉しいよ。

【さっきの審査員女子は誰にも言わずにポンポン弾いてたん？】

【審査員女子って(笑)。まぁ無言で拒否ってたわよ？　芦田ちゃんは緩衝材じゃないけど、ちょっと変な雰囲気になったらそれを吹っ飛ばしてくれる存在だったから。個人的には無くてはならない存在なのよね】

　そうそうそれそれ、良い意味の空気の読めなさな。まぁ無言拒否はタチ悪いかもな。〝騒がしい人は入れない〟ってつい勢い余っちゃったのかも知んないけど、芦田は〝下品じゃない女子〟枠で一番元気な奴だから。反感買うのは仕方ねぇわな。

いやでもその審査員女子これから大変だろうな……今頃スマホの画面見て青ざめてそう。二学期からどう振る舞おうかガタガタ震えてんじゃねぇの。

【その審査員女子、これからヤバそうだな】

【ギャン泣きお助けメッセージ来てるからフォローはしとくわ】

【あ、そういうタイプ】

　そういうのも世話してんの飯星さん……。クラスの中心的な存在って感じはしないけど、やっぱどっかで女子を牛耳ってる部分があんのかね。マジで逆らわないようにしよ……。

【でも佐城くんも最近メッセージガン無視してたりするでしょう？　あれね、女子の間だ

と結構マイナス評価よ】

【え、名指し？】

あらやだ急にダメ出し来たわ。え、そんな俺限定的なの？　もっと他にも全く会話に参加しない感じの奴とか居ないの。そんな事でいちいち嫌われてたらやってらんないんだけど。

【三回くらい芦田ちゃんが話振ってたけど、たぶん見てないでしょ？　みんな芦田ちゃんフォローして佐城くん死亡説流れてるわよ】

【死亡説】

ちょっと前にもなかったそれ？　直ぐに俺を死なせちゃうのなんなの。俺いつから病弱キャラになったんだよ……夏休み前ですね。風邪でぶっ倒れるとか強烈な心当たりあったわ。マジ気を付けよ、柄じゃねぇわ。

【ギャン泣きするんで蘇生させてください】

【ルーラ】

【死体を移動させんな】

ネタ云々はともかく何その残酷な切り返し。助ける気ゼロですか？　お願い俺の事もフォローして委員長……！　クラスの中心的人物に反感買った事が怖すぎてヤバいの！　注目されるのは嫌だけどイジメられるのも嫌なの！

飯星さんに促され+999に目を通す。夜中なんかは特に野郎連中の偏差値クソみたいな下ネタが続いてて確かに嫌気が差すだろうなってのもわかる気がする。おお、夜に男女グループでカラオケとか行ったの？　ハメ外してんなコイツら。で、昨日のが……。

【さじょっち見てないの？】

【……さじょっちぃ……】

いや、すまんな芦田。おもくそ昼間に会話振って来てたわ。そっから丸一日音沙汰無かったらそりゃ無視か。うーん悪印象っちゃ悪印象。スマホ開かない高校生なんてフツー居ねぇもんな。なんか今のうちに返しとくか。

【悪い芦田。女子大生と知り合って楽しんでたわ】

うん、これでよし、と。

【Kがさじょーを退会させました】

おっ。

２章　箱入り娘

　七月後半の十日にも満たない夏休みを経ると、まだ一か月以上も休めるのに謎の焦燥感が湧く。でも今回は夏課題も含めて調子良いんだなこれが。バイトで否応無しの早起きだけど、生活習慣が規則正しいと謎のポジティブ思考が生まれるんだ。バイトの合間とか真面目モードの時にちょちょっとね。

　しかも何が嬉しいって、善き行いから出会いが生まれた事。

「おはようございます、佐城さん」

「おはようございます、笹木さん」

不肖、佐城渉。女子大生に可愛がられております。

　フラリと古本屋に訪れる彼女は訪問数を重ねる度にちょっと俺を探すようになった。佐城さ～んなんて涼しい顔で言ってくるもんだから俺も頭が真っ白になって「あ、ども」なんて親指を下に向けられるレベルの素っ気なさを発揮してしまう。こんな男よりもっと同じ大学生で良い出会いは見つからないのかね？

「相変わらず夏の日差しと笹木さんは眩しいですね」

「あ、またそんなこと言っちゃって。ほんと佐城さんは〝チャラい〟んですね？」

「俺がチャラかったらクラスの陽キャラはパリピだな……」

俺なんかどう見てもこんな美人の恋愛対象になり得ないから却ってスルリと褒め言葉が出ちゃうんだよな。俺が笹木さんを口説いてもギャグとしか思えないし。

「ぱ、ぱりぴ？　ぱりぴって何ですか？」

「あ、いや……」

たまにだけど笹木さんは前に言った通りの〝箱入り娘〟を発揮する。ホントに中学高校過ごして来たのってレベルで。さっきの〝チャラい〟の意味もこの前までよく知らなかったほどだ。若干古い表現だから憶えなくて良いなんて言ったらはっきり嫌ですと言われてしまった。若者言葉って感覚的なもんばっかだから言葉で説明するのムズいんだよな……。

「何だか申し訳ないですね。俺みたいな小僧と接して笹木さんに悪影響を与えてないか……」

「そんな……佐城さんは小僧なんかじゃないですよ。私とコウ君にとってはヒーローなんですからっ」

「いやぁ、はっはっはお上手で」

……お上手過ぎない……？　誘惑してんじゃねぇのってくらい褒めまくりなんだけど。ヨレヨレのエプロン首に引っ掛けてる古本屋の店員がヒーローなんて務まるわけないじゃない……バック転できないし俺。キックで火花なんて散ったらビビって腰砕けるわ。くらえっ、佐城キックっ（弱攻）

「その、私の方こそ世間知らずで……佐城さんを前にすると自分が子供に見えちゃいます」

「え、ちょっとちょっとどうしたんですか」

口説き文句なら笹木さんも大概なんじゃないすかね。ガンガン俺を持ち上げて来るんだけど、何で？　立てば芍薬座れば牡丹歩く姿は百合の花を体現するような笹木さんが自信を失くす意味がわかんない。

「その、実は私……勉強に行き詰まってて」

「えっ」

勉強？　勉強と申したかこのお姉さんは？　俺なんか行き詰まるどころかその道から外れかけてるんですが……？　やべぇこの人急に目ぇ覚まさせてくんじゃん超プレッシャー。現実しか見えねぇ……大学行く気失くして来ちゃったよ……。

「佐城さんと話してると良い気分転換になるんです。まるで自分が大人の一員になって、頭が良いかのように思えてくるので」

「……」

あの、えっとっすね……はい。凄く綺麗な微笑みで残酷な事を言いますね。成る程？

俺が少年っぽさ丸出しにするもんだから自分が大人のように感じるって？　一周回って気持ち良い、いっそのこと延々と俺とトークしてようぜって思いかけたわ。うん、もっと。いやけど、えぇ……。訪問の裏にそんな思惑があったの？　やっぱ俺ってすげぇ馬鹿っぽく見えてんのかな……頭悪い奴と喋って頭良い気になるって結構アレな思考だと思うんだけど……。

綺麗だから許しちゃおっ。

まぁ女子大（重要）の女子大生だもんな。そんなとこの勉強っつったらそりゃもう俺なんかＳＡＮ値かっ攫われるレベルの内容なんだろうな……行き詰まんのも仕方ないよそりゃ。

「……へっ……」

「佐城さん……？」

自嘲してると、キョトンとした顔で笹木さんが首を傾げた。くそっ、所々で可愛い仕草するな……ドキドキが止まらねぇ。こうなったらっ……持ってくれよ俺のカラダッ……腹パン三倍だァッ!!（自爆）

「いや、俺なんかが笹木さんのお役に立てるなら幾らでも協力しますよ。それはもう、ガンガン使っちゃってください」

「ええっ……？　ガンガン、ですか？」

「ええ、ガンガンです」

笹木さんにしろ夏川にしろ、綺麗な人の役に立てんのならこれほど嬉しい事は無い。何なら中学時代はそのためにバイトしてたレベル。結局夏川に貢いだ事なんてほとんどなかったんだけどね……お陰でゲームとかたくさん買えたよ。

「それなら……佐城さんは進学校に通っていますが、何か勉強の秘訣はあるんですか？」

「ああ、めっちゃ分かりやすいのがありますね」

「え⁉　それは何ですか⁉」

おおっ、スゴい食い付き方……そんなに勉強の調子悪いのかな。

勉強のコツ……今でこそ冗談抜きでそこそこな学力だけど、高校を受験する時とはモチベーションが違う。あの時はいつまでも勉強できる気がしてたなぁ……つらいと思った記憶がねぇもん。

「いや、まぁ方法とかじゃなくてただの経験談なんですけど……」

「構いません……！　ぜひ教えてください！」

「それはですね……勉強した成果が直ぐにフィードバックされる事ですね」

「フィードバック……ですか？」

こうなったら青臭さ全開で構わない。口が裂けても言えないなんて思ったけど、どうせ気分転換の道具程度にしか思われてねぇならもうどうでも良いや。

「俺の場合は勉強すればするほど好きな人の志望校に近付けたんです」

「えっ……!?　す、好きな人ですか!?」

元々成績そのものは平均程度にはあった。そんな時に聞いた、〝夏川愛華の志望校が鴻越高校である〟という情報。必死に勉強すれば間に合わない事もないと知ったからこそ、俺は無尽蔵のモチベーションを発揮して夏川と同じ高校に進学することができた。これは間違いなく〝勉強のコツ〟だろ。どうだ参ったか、どっかのガリ勉ヤロー。

「その人のことまだ好きなんですか!?　もしかしてもう彼女さんになってるとか!?」

や、あの……聴いてます？　やべぇ、女子の大好きな恋愛トークセンサーに引っかかっちまったかもしんない。一気に勉強の話題から遠ざかった気がする。食い付くどころかキラッキラの顔で貪る勢いの迫り方なんだけど。修学旅行の夜の比じゃないくらいエグり込んでくるんだけど。

「や、まぁ好きですけど……もう諦めてますよ。高校に入ってから高嶺の花だと気付いたんで」

「そ、そんな素敵な方が……魅力があり過ぎて諦めるなんて事があるんですね」

アンタも同列だよ……。容姿がこんなに整ってんのに控えめで低姿勢とか激レア過ぎるんですけど？　何で高校生の俺にそんなかしこまるの？　一周回ってどっか失礼よ？

「と、とにかく！　勉強が実際に役に立つと実体験すれば良いんです。笹木さんも目指す先があるんでしょう？　そこに行って味わえる旨味を想像すれば良いんですよ」

「目指す先にある、魅力的なもの……」

　そもそも笹木さんが勉強する理由って何よ。就職のため……？　公務員目指すならえげつない勉強が待ってるとか聞くし……大変なんだろうな。

　でも、例えば勉強して良いところに就職する事で大好きな弟の光太君が幸せになると考えたらどうだろう。何度か話してるうちに弟バカな部分があるっぽい事が分かったし、これはモチベーションになるんじゃねぇの？　そうじゃなくても、こう――

「例えば俺みたいに……そこで好きな人と一緒に過ごせるようになるとか」

「すッ――!?　わ、私に好きな人ですか!?」

「あ、男性経験が無いんでしたっけ？」

「しッ、失礼です！　私にだって男性経験くらい有ります！」

ん何だとぅッ!!

あーショックだわーマジ萎えたわーやっぱ美人は男の一人や二人くらい経験あるんだな。そうだよこんな美人な女子大生が野放しなんて有り得ないもん。俺が美女だったら十人くらいに貢がせちゃう。

あーなんか急に気持ち悪くなってきた。さっさと業務終わらせて上がっちまおう……んっ？

「……あの」

「〜〜っ〜〜〜」

「あの、笹木さん？」

震えながら俺を指差してるのは何でですかね……まさかこうして日常的に会話する事が〝男性経験〟だと？　ちょっとイケませんよお姉さん、貴女(あなた)も良い女性なら〝男性経験〟が何のことか解るでしょう？　ほら、もっとエロい感じの。

――そうだこの人、箱入り娘だったわ……。

「こんなの男性経験の〝だ〟の字くらいしかないですよ」

「ええっ!?　そうなんですか!?」

あ、やっべこれ余計な事言ったかも。ちょっとストップ、そんなふわふわした感じの純

粋な疑問の目で俺を見ないでくれませんか？　あ、腕掴むのは無しです不純異性交友ですよ？　男子高校生に手を出すんですか上等だよバッチこいオラァ!!

　コンビニのアイスカフェラテ。ミルクと混ざり合う黒褐色の珈琲が醸し出すグラデーションに、昨今じゃ暑さに渇く人々とインスタグラマーが歓喜の悲鳴を上げているなか、俺はそれを自宅で再現できないか試してみた。スマホでネットを見ながらグラスを用意。キンキンに冷えた氷を用意して呪文を唱える。

「出でよアイスメテオ」

　超真顔で放った氷がカランカランと音を立てる。中心にGaeBolgを突き立て、そこにこの世の始まりの如き真白なミルクをトゥクトゥクトゥクと注ぎ込み、上からそっと熱々のコーヒーを落とす。

　――完璧。グラデーションどころの騒ぎじゃない。珈琲と牛乳の重みの差が水と油のように分け目を生み出す。もはやカフェラテじゃなくてただのミルクとコーヒー。お前ら……いつの間に太陽と月みたいな関係になったんだ。

「結合せよ」

チョロっと浮かんでる氷を回して若干かき混ぜる。ここまでやってやっとコンビニのアイスカフェラテの再現に成功する。テンション上がる、夏休みやってる感が凄い。記念に一枚スマホでパシャっとやると、チープなプラスチック製のマドラーで全てを台無しにするようにかき混ぜた。

そして、スッと俺の目の前を通る手。

「あんがと」

「姉御(あねご)、勘弁(かんべん)してくだせぇ」

「早く作って」

「御意(ぎょい)に」

一度作ってしまえばお手のもん、同じ工程を繰(く)り返してアイスメテオしてGaeBolg(ストロー)ぶっ刺(さ)してCombined(結合)！　ふと横を見ると氷より冷たい視線が俺をヘッドショットしていた。

「へいお待ち」

「ん」

当然のように従ったのは決して俺が姉貴に屈服(くっぷく)してるからじゃない。反射――そう反射だ。目の前に何かが迫って来たらつい目を瞑(つぶ)ってしまうように、姉貴が顎(あご)をくいっと突き出せば俺の体は勝手に動いているのだ。あらやだ……魂(たましい)に刻み付けられてるじゃない……。

「今日はのんびりなんだな。いつもは学校か塾行ってるくせに」

「何？　アタシが家にいたらダメなわけ？」

「おい足。足が発射五秒前だから」

恐ろしい姉だ。相変わらず家に居るとすげぇ恰好だな、虫取り少年なの？　てか下履いてんのそれ。まさかこの年になって恥ずかしくないなんてことねぇよな……？

　このまま虫取り網を持たせたらどんなブチ切れ方するんだろう、そんなことを考えてると、姉貴が俺製アイスカフェラテをストローでガチャガチャかき混ぜながら感情の無い目で見てきた。

「んな見んなよ……照れんだろ？」

「アンタ明後日学校来て風紀委員手伝ってくんない？」

「あの……もうちょっと話を――え？　風紀委員？」

何で風紀委員？　姉貴は生徒会だよな？　もしかして生徒会だけじゃなくて風紀委員も裏から牛耳ってた？　てか、そもそも何で学校？

「あさって？　何で学校行かなきゃなんねぇんだよ」

「八月六日。三年の連中だけ出校日で、ついでに来年の新入生に授業風景見せつけんだと」

「ンなのあったの……それで？　何で風紀委員の話になんの？」

風紀委員長様とは絶賛気まずさ百パーセントなんだけど。もう頑張りたくないし俺の持てる輝き手放しまくりたい。風紀委員の件とか断りたてなんだから忘れた頃にじゃダメですかね……。

「体験入学。指揮が風紀委員会になったのよ」

「え？　教師陣がやるっつってなかった？」

「大枠はね。でも実際に動くのは在学生。そう決めちゃったのは去年の生徒会だから、凛には面倒かける事になっちゃったのよ」

去年……あれか。学校に援助してる家庭の生徒が〝西側〟って呼ばれて優遇されまくったっていう。

「生徒会は」

「とっくの昔にキャパオーバーだっつーの。イベントに時間割いてたら平時の方がキャリーオーバーだから」

「嫌なキャリーオーバーだな」

やらなかった分がドンドン繰り越されて行くわけか。何その地獄。生徒会って学生の規範っていうか一般企業を模倣してるよな。福利厚生なんてもんが無い分余計にタチが悪いというか……。

「何で俺なんだよ……」

「アイツに借りを作んのヤなの。頼むわ」

あなたたちホントに仲良いの？　少なくとも姉貴からアクションかけてるイメージはあんま無いな。友人と思ってんのが四ノ宮先輩の方だけって考えると胸がキュッと締め付けられるような気持ちになる……あの先輩と二人きりのときとかどんな会話してんだ……？　ちょっと気になる。

「凛はなんか最近ぐちぐちとアンタのこと言ってくるし、早くどうにかしてよ」

「は？」

「変な蟠り抱えたままにすんなって言ってんの。同級生の女が自分の弟との仲気にしてんのとかどう反応しろって言うのよ」

「………」

……もしかして俺は俺で姉貴に借りを作ってたり？　忙しくして鬱憤溜まってる中であのクセの強い先輩から重々しい話されんのは面倒だろうな。んでもって、薄々気付いてたけど四ノ宮先輩って割と繊細なのな。

……これは放置してたら余計に面倒になりそうだ。

「わかったわかった、手伝いすりゃ良いんだろ？　吶喊してやるよ吶喊」

「ああアイツならその方が喜ぶんじゃないの？　間違い無くアンタに嫌われたくなさそうだし」

「やめろ、そういう事言われると俺が気まずくなる」

「や、凛にとっちゃ多分アンタってアタシを挟んだ関係じゃないかんね？」

　え、そうなの？　姉貴の弟だから特別に目をかけてくれてる感じじゃないの？　まさかぁ……またまたそんな事言っちゃって。俺を煽てて気を良くさせて何か奢ってもらおうとしてるんでしょ？　でもまぁ？　俺くらいの男になりゃ年上の女性の一人や二人簡単に？　話せるわけねぇだろ吃るわこの野郎。

　失恋の帝王だぞ俺ぁ。

◆

「あ、四ノ宮先輩？」

『は……？　えっ、誰っ……男⁉　楓は……⁉』

「姉貴は俺の隣で寝てますよ」

「彼氏ヅラしてんじゃねぇよ」

「みみ耳みみみッ⁉　千切れる千切れるッ‼　千切れるから⁉」

『えっ、え⁉　佐城⁉　何でお前が⁉』

姉貴に頼まれて四ノ宮先輩を手伝うのを承諾。俺みたいなノーマルスペックの男が手伝ったところで戦力になるのかどうかは謎だけど、まぁ別の思惑もあるしそこは目を瞑ってもらおう。

メッセージアプリで姉貴のアカウントを借りて電話してみると、四ノ宮先輩は俺の声にめっちゃ驚いていた。ホントにこの人あの精神道とかいうやつ修めたのかね？　あっ――あの姉貴？　今ね、耳がね、プチって言ったの。

「お久しぶりです、四ノ宮先輩。ちょっとお話ししたかったんで姉貴のスマホ借りてんすよ痛たたたたたっ」

『あ、ああ……そうなのか。楓、離してやれ。それで、私に何か用があるのか？』

耳、解放。千切れるかと思ったぜ。ちょっと冗談を言っただけなのに手加減が無いのなんの。耳が熱い。ええい無視だ――あれ？　耳たぶちょっと長くなってね？

「明後日、中三の体験入学ですよね？　お手伝いしますよ、聞けば姉貴が迷惑かけるカタチになるっぽいし」

『な、何だそんな事か……。気にしなくていいぞ、どうせ今年から風紀委員がやる方向になる仕事だ』

なん……だと？　やんわりと断られた……？

親友殿はそうおっしゃってますが姉上、いかがいたしやしょう？　個人的にはこのまま親友殿の御言葉に甘えて――あ、やれと。直接会って妙な感じをどうにかしてこいと。わーったよチクショウ、やりゃ良いんだろやれば。

そう、俺は生まれ変わった。夏休みに入って十数日間、大学生のお姉さんを相手にトークを繰り返し〝大人の余裕〟ってやつを身に付けたのさ！　気まずさなんて社会に出りゃ腐るほど転がってんだ。この程度のもん、乗り超えられねば大人になれぬと言うものよ……！

「そっちこそ気にしないでください。個人的にも四ノ宮先輩に会いたいってのがあるんで」

『なっ――○▽※△☆□※◎★○――』

あ、あれ……？　思ってた反応と違うぞ？　もっとこう、笹木さんみたいに「またまたご冗談を――」みたいな反応されると思ったんだけど。すっごい早口で何か言われたけど全然聴き取れなかったわ。

姉貴？　んだよその超驚いた顔。俺だってねぇ、そろそろ社会人みたいに社交辞令を身に付けてかなくちゃいけないって事くらい解ってんだよ。な、驚いたろ？　え、何その呆れた顔。え、ちょ、今パリーンて。

「あの……？　何か割れる様な音しましたけど大丈夫ですか？」

『あ、ああ……大丈夫――だが！　君はいきなり何を言い出すんだ！』

「いやまぁ小男の戯言なんで気にせんでください。それより余ってる仕事とか無いんすか。風紀委員って四ノ宮先輩効果で女子ばっかのイメージだし、力仕事とか人手足りてないんじゃないすか？」

生徒会は普段の事務雑務に加えてイベント対応に追われている。それなら風紀委員が同じ状況でもおかしくない可能性がある。目を付けるならそこか。

『戯言って君な……まぁ良い――良くないがまぁ良いだろう、殊勝な心掛けは褒めてやる。そこまで言うなら……そうだな、運搬面が少し心許ないからそちらを手伝ってもらおうか』

「成る程……まさに男仕事っすね」

『何だ、嫌か？』

「まさか。四ノ宮先輩のためなら余裕ですよ」

日頃バイトで積み上げた本を持ち上げ鍛えた成果を見せる時が来たようだ……蟠りだかなんだか知らねぇがネオ俺が本気を出せば上司とのコミュニケーションなんて余裕だぜ！

てかこの感じだともう蟠りなんて無いんじゃねぇの？　ホントにまだ風紀委員手伝う必要ある……？　あ、〝借り〟の方か。姉貴って変なとこ義理堅いんだよな……勉強面に関してだけは一年の頃のノート貸してくれたし。ようやるわ、そういう引き合いに出せるものが無いから俺はイケメンになれねぇんだろうな……顔がそんなだからそんなの関係無かったわ。

「あーくそ、姉弟だわ……」

ふと横を見ると姉貴が謎のセリフを吐いて頭を掻き始める。よく解らんけど俺と似た部分に気付いたらしい。そんなに嫌そうにしなくてもいいじゃない……。

『楓！　楓！　これは懐いたと思って良いんだろうか⁉』

「あーはいはいそれで良いんじゃない？　勝手にやんなさいよっての。ったく……」

擬似アイスカフェラテを軽く波立てながら揺らして面倒そうにする姉貴は何か勘違いしてるっぽい四ノ宮先輩に渋々返事をする。ちょっと不思議な関係性が見えて意外に感じた。

四ノ宮先輩の方が姉貴にヤレヤレするタイプだと思ってたけど……。

だが甘いな姉貴っ……それで姉力を発揮したつもりか佐城楓！　俺はそんなものより遥かに高い姉力を目の当たりにしているぞ！　彼女のふわふわとした包容力に比べりゃてめえの姉力なんて――

あ、ごめんなさい、ノート持ってかないでください。

◆

八月六日がどうして出校日になっているか。その理由を説明するには戦時中まで話を遡らなければならないけど、鴻越高校にとっちゃ学校を面倒に思ってる三年生を登校させる都合の良い口実でしかないらしい。ま、高校自体別に義務教育じゃねぇもんな。

「その、久し振りだな……佐城」

「どうもです。なにクソ気まずそうにしてんすか、先輩ん家での事なんかもう気にしてませんよ」

「な、なに……⁉という事は風紀委員に入るという事で良いんだな⁉」

「違うんだなそれが」

油断も隙もありゃしない。

久し振りに登校すると校門前で四ノ宮先輩が出迎えてくれていた。どうやら一部の三年生は授業をよそに体験入学の準備に時間を費やすらしい。イベント事になると色々あんのな。

何か居心地悪そうに話しかけられたけど……ぶっちゃけあの道場での出来事なんて寝て起きたらほとんどどうでも良くなってた。人間そんなもんだ、バイト前に味噌汁啜ってる時なんか自分の名前すら忘れてんぞ俺は。でも気にしてた割には切り替え早過ぎませんかね……クリスマスの翌日の繁華街かよ。

「姉貴から聞きました、俺の機嫌うかがうほど繊細とは思いませんでしたよ。俺がそれほどの奴に見えますかね」

「そうか？　君の不興を買って楓やゆゆに嫌われる未来まで見えたが……」

「そりゃあ機嫌うかがいますわな」

言葉でジャブを飛ばすと何とも正直な私情を打ち明けてくれた。俺の存在の程度はともかく、先輩ロリっ子の稲富先輩に嫌われる未来まで見えたんなら四ノ宮先輩が繊細になった理由も納得できる。あの人のこと大好きだからなぁ……。

「ま、力仕事に精神道うんたらは関係無いと思うんで。未熟者でも役に立つでしょ？」

「や、やっぱり根に持ってるじゃないか！」

「根に持ってないからこんな冗談言えるんすよ」

ああわかった。さてはこの人、自分自身が真っ直ぐな分、斜に構えた奴には弱いな？

初対面の時の相談と言い、どうにも不器用な面が感じられる。そんな先輩がどうやってケバケバしい時代の姉貴を懐柔したのかは知らないけど、とりまサクッと仕事に移るとしますかね。

「朝は空きの会議室で打ち合わせしてからでしたよね。出迎えあざす。行きましょうか」

「あ、ああ……やけに精力的なんだな」

「適度に使われるくらいが性に合ってるんすよ。将来は残業代で稼ぐタイプです」

性に合ってるってか、俺の人間レベルがその程度だと思うんだよね。上の兄弟に半ば押し付けられる形で働かされるような末っ子の顔してんだろ。そりゃそれなりにそう育てられて来たからな。

「それは適度とは言わないぞ……まあ良い、来てくれ」

「ほい」

正直に言えば俺も気まずいはずだった。だけど何だろうな、久し振りに会って顔を合わせるともなれば色々と心の整理がつけられるってもんだ。

拍子抜けした顔の先輩にテキトーな笑みを返すと、呆れた感じの苦笑いが返って来た。

何故かイケメンを呪うスキルが発動した。

◆

風紀委員会の活動拠点は北棟二階にある教室に割り当てられていた。廊下を歩いてると他の幾つかの教室も誰かが活動してる事が分かった。聞けば既に動いている文化祭実行委員、その隣に今回の体験入学のために開放された会議室、その奥に本来の風紀委員会の拠点と続いているとの事だった。

どうして風紀委員と別枠を作る必要があったのか、要は必要備品や機材が置かれてたり、二班に分かれて活動する際に同時に会議が行えるようにするためだと言う。今更だけど、風紀委員って思ったより委員数多いのね。

「久し振りっ！　佐城くん！」

「どもっす、お二人さん」

顔見知りという事もあって、風紀委員会の教室で稲富先輩とその保護者的な存在——三田先輩と合流。思わず抱き上げたいくらい元気な稲富先輩に対し、三田先輩はクールに腕を組んで俺を見ていた。思わずその腕に乗っかるものに目が行きそうになる。そして夏休み前に食堂でヘッドロックを食らった時のことを思い出した。おかしいな？　三田先輩を見ると何故か側頭部に手が行っちゃうぞ？

その足で会議室の方に向かう。

「お二人は中学生の引率ですか」

「私とゆゆでワンセットよ。この子を一人にしたら何をされるか……」

「ああ、成る程」

「な、納得しないでくださぁいっ……」

ついこないだ笹木さんと初めて出会った日に中学生のヤンチャを見たばっかだからな。そんな集団にマスコットみたいな稲富先輩を放り出したらどうなるかなんて簡単に予想できてしまう。中学生があっち行ってこっち行って集団行動を乱すのが目に見えるわ。

まぁ人には向き不向きがあるんで仕方ないっすよ先輩。だからそんな頬膨らませてもっと俺を可愛くポコポコ叩いてください――間違えたポコポコ叩かないでください。ダメだ、こうも可愛いとつい欲しがってしまう。

「他にも引率役は文化祭実行委員会や一般生徒からも募っている。確か君のクラスからも居たと思うが……」

「え?」

扉が半開きだったから言葉通りに中を覗く。会議室には長机が大きくコの字型に並べられていた。それぞれの席に着いている生徒たちを見て、俺の喉奥からヒュッと息が飛び出した。

「綺麗どころしか居ねぇ……心臓に悪いんで帰って良いですか」

「まぁそう僻むな。あそこの席に座ってるのは前に君を看病してた女子生徒じゃなかったか？」

「え」

四ノ宮先輩が目線で指す先、説明と一緒にそこを見ると、国が傾くんじゃねぇかと思うくらいの美女が居た。言うまでもなく夏川だった。今日も美しい……少し日焼けした？　週二で登校してるっぽいからな。

そんな夏川は、隣に居るイケメン男子生徒と仲良さげに話していた。

「……！」

佐々木だ。笹木さんじゃない佐々木だ。あいつも容姿が整ってる上に優等生っぽい扱いだからな、体験入学の引率役に抜擢されるのも理解できる。俺の淡い感情が納得してないけどな。まぁ、どうにでも抑えつけられる。

ああそうか、佐々木が俺に宣戦布告めいたものをした日からもう半月近く経つのか……。夏休み中、文化祭実行委員の活動は週二回開かれる。既に五回ほど行われていて、その中で佐々木は夏川とチームワークだけじゃなく親交も深めたんだろうな。少なくとも佐々木の方には積極的な理由があるから間違いねぇだろ。

「……邪魔しちゃ悪いし、別に話しかけるほどじゃ」

「ん？　そうか」

「はい」

「んじゃ、空いてる席に座ってくれ」

ですよね。

運搬役とはいえ今日の体験入学というイベントに携わる。同じ打ち合わせに参加するに決まってるか。四ノ宮先輩は当然、俺もこの中に混ざる必要があるとの事。はぁ、マジかよ……。

半ば四ノ宮先輩に押される形で入室し、教卓側を通って風紀委員サイドの空いた席に着く。風紀委員男子の大柄な先輩に「え、誰？」的な目を向けられたけど、今は気にしない事にした。

や、気になりますね。強烈な視線感じますわ。どこからかなんて言うまでもないかもだけど。

………おっす。

驚いた顔でこっちを見る夏川と、真顔で俺を値踏みするように見る佐々木に視線と首肯で挨拶。正直バレたくなかったけどこれは仕方ない。まぁ佐々木についてはどっかで〝別に邪魔しねぇよ〟って意思が伝わりゃ大丈夫だろ。てめっ、ちょっと睨んでんじゃねぇよ。

「――全員揃ったか？　それじゃ、事前の打ち合わせを始めようか」

◆

通常、風紀委員はクソ面倒くさい委員会らしい。それなのに今代は四ノ宮先輩という宝塚的な意味で王子様な存在がいるお陰で、参加希望の女子生徒が殺到したという。そもそも男女それぞれで定員分けろって話なんだけど。

中でも厄介なのが、定員漏れした女子生徒が風紀委員の男子生徒に自分と代わるよう申し入れる例が多かった事だ。この高校では風紀委員に所属するのは女子高生としてのステータスになってるらしい。

昨年、四ノ宮先輩が風紀委員長という肩書きを掲げ、殺到する女子生徒の対策もままならないまま女子ばかりを取り込んでしまい男手が不足するという事態が生じた。それが目下、この委員会が抱えている問題らしい。

というわけで運搬担当の俺、同じ班のメンツに目を剥いたよね。

「えっと、四ノ宮委員長の助っ人なんだっけ？　宜しくねぇ」

「あ、宜しくっす」

風紀委員会の黒一点、大柄で膨よかな三年生こと一ノ瀬先輩。……一ノ、一ノ瀬？　隣の席の文学少女さんと同じ名字だけど偶然かね。体形違いすぎて面影なんかカスリもしてねぇ……。そもそも一ノ瀬さん前髪長くてあんま顔見えないし。

こっちの一ノ瀬先輩は和やかな雰囲気のクマさんみたいな感じだ。にっこりとした表情はデフォルトっぽいし、女子生徒の集団に放り込まれてもマスコットとして成り立ちそうな感じがする。なんか、逆に頼りになるなぁ。

黒一点と言ったのは言葉通り、風紀委員の男子生徒がこの一ノ瀬先輩しか居ないからだ。だから運搬担当もほとんどが女子生徒で構成されてる。どう見ても骨が折れそうな作業だよねこれ……。

「佐城君だっけ？　男手少ないし、期待してるよー」

「宜しくねー」

「あ、はい。宜しくっす」

女子の先輩方が物珍しそうに俺を見て肩をポンポン叩いて行く。何これ、独自の文化？一ノ瀬先輩もしかして普段からこんなボディータッチされてんの？　ちょっと羨ましいんですけど忙しくない時だけ代わってくれます？

◆

「学校紹介VTRを体育館で流すから、精密機器もあるね。他も備品諸々で、ちょっと女の子だと厳しいのがあるから、ホント助かるよ佐城君」

「んや、これも仕事ですから」

「うーん、申し訳ないけどありがたい」

未だ出会った事が無かった三年の先輩が指揮を執って流れを説明してくれる。この人は四ノ宮先輩が委員長になる前から居るから、まぁまともだわな。歯痒そうかつ申し訳無さそうにしてくれるのがグッド。尊敬できるタイプの先輩だ。

当然と言えば当然だけど俺は一ノ瀬先輩とペア。主に大型の備品担当で精密機器系は台車を使って運搬。階段のような段差もあるからそこはどうしても男手じゃないとダメなようだ。これだけでもヤバいけど、俺居なかったら一ノ瀬先輩地獄を見てたんじゃねぇの？

「あの……ホントに一ノ瀬先輩しか男子居ないんすか」

「いや、本当は三年生にも二年にもあと一人ずつ居るんだけどね……どうしてもこの女子の空気に馴染めないようで」

やべぇスゲェ気持ち解る。俺も風紀委員だったらその先輩たちみたいにサボってたかもしんない。正直この現状は仕方ないって思える。

困ったように笑う一ノ瀬先輩を見て俺の中で謎の闘志が奮い立たされると、運搬作業が開始される。何がつらいって、中学生たちと廊下ですれ違う可能性があるから制服姿を崩せない事だ。普段なら暑いって理由で黒Tシャツになって作業するらしく、先輩も結構つらそうにしている。

他の先輩たちがどんな理由で風紀委員に入ったのかは知らないけど、女子にそんな苦悶の表情をされると男としては余計にブーストがかかるのは本能的な何かか。何かの見返りがあるわけじゃないなんて解ってるけど、俺がやんなきゃって使命感が湧いちゃうんだよね。男って単純。

「――あ、持ちますそれ」

「え？　ありがとう」

バイトで鍛えた、なんてテキトーに言ったつもりだったけど、古本整理で割と本当に鍛えられていたっぽい。日に日に抱えられる冊数も増えてたし、男ってやっぱ筋肉付きやすいんだな。元々、前まで夏川絡みで自分磨きしてる部分あったし、それが功を奏した部分の方が大きいか。

「――あ、先輩そこ段差っす」

「わかったっ、ちょっと持ち上げるよ！」

「ほい。せぇ、のっ――」

雑務はやっぱ楽だ。事務系の書類整理とかデータを纏めるとかもバイト経験で鍛えられたけど、雑務はあんま頭使わなくて良いんだよな。端から力使うって分かってるとそのままのモチベーションで臨めるし、想定外の負担も少ないから精神的にも楽なんだよ。力使うのに給料が安い仕事って絶対そういう部分あるよな。

「――ちょっとそこの一年男子ー？　これも頼むわ」

「うぃーす」

体育館と北棟二階を往復。息切れするし汗も出るけど想定の範囲内。一ノ瀬先輩は普段から鍛えてるのか体形の割に汗が少ない。先輩とはいえいかにも文化系の人に余裕を見せつけられるとこっちも意地が湧くな。

「――あ、これもおねがーい」

「あい」

一心不乱って言い方が正しいか分かんないけど、ひたすら腕と腰の筋肉を使ってたら作業が終わってた。もちろん一番汗をかいてんのは俺と一ノ瀬先輩だった。今からこれを拭いて着替えもせずに疲れを隠して中学生の前に出ろっていうのは中々の苦行だ。ちょっとズルします。

休憩をもらったからそのまま購買へ直行。準備してなかったタオルと防臭のボディーシートを買って外の水場の陰でこっそりワイシャツを脱ぎ、頭から水を被る。タオルで髪を拭いて黒の肌着にボディーシートを滑り込ませ、身体中から出来るだけ汗の匂いを取った。シャワーを浴びてサッと着替えた方が絶対早いんだけど、部活動生しか使えないからなぁ……。

体育館に戻ると運搬班は設備班に転換。俺はもはや役立たずだからテレビ局のADのごとくマジックペンとガムテを持ってうろうろしたりドライバーやハサミを届けたりの雑用に徹する。ヤバい、下っ端の才能ありすぎて泣けてきた。

作業終了後撤収。運搬・設備班は役目を終えて風紀委員の拠点でぐだりと過ごす。委員会顧問の先生が扇風機があるというので一ノ瀬先輩と持ってくるのを手伝った。五台あるらしいから後輩らしく三台を担当。あの重々しい機材に比べたら三台の扇風機なんか羽根みたいなもんだわな。

ついでに風邪の一件で少し話せるようになった保健医から氷の入った氷嚢を拝借。ビニール袋を引提げて風紀委員の拠点まで運んで今度こそ俺の手伝いは完了。

氷嚢をバラまくと先輩たちはタオルにくるんで首元へ……ほう、良いよその仕草……うん、色っぽい。写真撮りたい。扇風機に煽られておへそが……え？　ちょ、うそ、肌着着てないの？　マジで？　風紀委員ヤバくね？

邪念を払って余った扇風機に一ノ瀬先輩と一緒に当たる――当たる？　いや無理だわ、クマさんだもんこの人。タオルしか持ってないようだから俺は離れてどこからか漂ってくる余り風で凌ぐ。ボディーシートでスースーするからこれだけでも十分気持ち良いな。

「あ、ねぇ一年。佐城だっけ？」

「え、はい」

「お疲れ。助かったよ、良い後輩だね」

二人連れの先輩の片方から半分に割れるタイプのアイスバーをパキッと手渡される。ちょっと……カップルみたいなんで照れるんですけど。次も俺を呼んでくれます？　超働きますけど？

アホみたいな事を考えてる俺を尻目に、先輩たちはケラケラ笑いながら通りすがって行った。どうやら俺に対する褒め方がツボったらしい。「良い後輩ってなにー？」だって。

俺もどの辺が〝良い後輩〟だったのか具体的な内容を知りたいもんだ。

疲れもあってテキトーに床に座ってると、運搬班を指揮してくれた先輩がやって来た。

えっと……？　一ノ瀬先輩じゃなくて俺？

「今日はありがとね、佐城君。一ノ瀬君もだけど」

「いやそんな。こちらこそどうもです」

「いやさ、うちの女の子、ちょっと真面目じゃない部分あるから不快な思いさせてないかなって。面倒くさがって佐城君に押し付けてた部分有ったから」

「え？」

　俺が？　押し付けられてた……？　そんなん有ったっけ？　当然のように持ち上げては体育館との往復繰り返してたから全然気付かなかったわ。ホント、無心で作業進めてたからわかんなかった。むしろ知りたくなかったんだけど……。

「佐城君があんまりにも素直に受けてくれるからさ、うちのコたちも気が引けちゃったのか反省してたよ。〝良い男の子だね〟って、みんな話してたよ」

「え、まぁその、力になれてたんなら良かったっす」

　胸中で復讐心が湧いた瞬間にお褒めの言葉。あまり無い展開につい体がむず痒くなってしまう。中々こんなに褒められる事もねぇよ。でもなぁ……〝良い男の子〟かぁ。欠片も意識されてないとちょっと物悲しいな……。

「凛が連れて来た助っ人で、しかも佐城さんの弟だったから依怙贔屓でもしてるのかなって思ったけど、私の先入観だったかな。これ良かったら飲んで、お礼」

「え」

ポン、と俺の手に栄養ゼリーが乗せられる。まさかの立て続けのご褒美にもうペコペコするしかない。なに今日どうしたの俺？　星座占い一位だったの？　かつて無いほど評価が良いんだけど。まさか……これがモテ期か？　モテ期なのか？

「あ、一ノ瀬君。あのさ……今日終わったら、一ノ瀬君の家、行っても良いかな……？」

おっとこれは急展開ですね。

◆

「何だ佐城、燃え尽きてるな」

「…………うす」

次の移動を待つ合間。できた人間じゃない俺は超至近距離で青春の一コマをまざまざと見せつけられ放心状態になっていた。片手に持つ栄養ゼリーはもはや温くなりかけている。四ノ宮先輩が帰って来るのがもう少し遅かったら人知れずゼリーを地面に叩きつけていたかもしれない。

「あー……もう正午回ってんすか。何度かすれ違いましたけど、中学生はもう？」

人が居ないと思ったら昼飯に行ってんのか。食ってないけど……まぁコレも有るし、食欲も無いから別に良いや。

「ああ、どんどん体育館に集まって行ってる。しばらくして映像を四十五分程度流してから結城と私が前で話して…………まぁ、それから撤去作業だな」

俺の様子を見て流石にサラッと言える事じゃなかったみたいだ。確かにキツい作業ではあったけど、それでも萎縮する四ノ宮先輩はどうも違和感がある。

「んな申し訳なさそうにしなくて良いのに」

「いや、由梨から聞いてな。君にはかなり負担を強いてしまった」

由梨さんとは。もしかして運搬班指揮してた先輩かな？

「俺――……ってより、男を甘く見てませんか？　先輩が思ってる以上に体力ありますよ？」

自覚しながら理不尽な目に遭うのは御免だけどな。それでも休めば簡単に回復する体力だし、撤去作業を始める頃にはまたやる気が出てんだろ。先輩とはいえ、流石に女子より先にくたばるのはちょっとカッコが悪いしな。

「……そうか。午後も宜しく頼む」

「はい――――いやちょっ」

フッ、とクールに決めた四ノ宮先輩。相変わらずキマってんななんて思いながら横を通りすがる先輩を見送ろうとすると、俺の髪に指を通すように手の平が乗せられた。

いやホントにマジで、エッ⁉

待て待て待て何これ、何が起こったん、何でそんなに優しく撫でんの？　撫でるにしても先輩ってもっとガシガシ行くタイプというか……そんな感じじゃないじゃん？　いやいやいや……え？

「ちょ、先輩何すか突然。やめてくださいよ」

「ふふ、偶にはゆゆ以外も悪くないという事だよ」

「いやいや周囲。周囲騒然としてるから。先輩？　周り見て直ちに、今すぐ」

「知ってるよ」

自覚あんのかよこの人。そういや確かに稲富先輩や三田先輩に散々言い含められてるっぽいし。とりあえず手を離してくれて良かった。俺の上がりかけてた株は急降下しただろうけどな。憧れの凛様が汗臭い男の頭撫でるとかファンにとっちゃたまったもんじゃねぇだろ。だからそんな堂々としないでくれませんかね……。

「――――楓が羨ましいな」

………だからさ、ホントに。

◆

周囲に言い聴(き)かせるように放った一言のインパクトはデカかったらしい。先輩なりの牽制(けんせい)なのか、ちょっと俺を雑に扱う感じだった先輩たちが急に腫(は)れ物(もの)のように接してきた。もしかして狙(ねら)ったの……？　逆に怖(こわ)いんですけどコレ。

そして首を傾(かし)げ続けて暫(しばら)く。やっと四ノ宮先輩たちの俺に対する扱いが理解できた。

「そういえば空いた時間は隣の会議室には行かないのか？　同じクラスの生徒も居るだろう、友人は大切にしないと駄目(だめ)だぞ」

「佐城くんっ、プリン食べますか？」

「てか昼食べてないんでしょ？　ハンバーグ食べる？　アタシ今ダイエット中だからさ」

「……」

アンタらもか。

弟——いやこれ従弟(いとこ)か？　どっちにしろこれ女子高生が他所(よそ)の家の男子高校生に接する態度じゃねぇな。誰かしらもう少し照れた顔してくれたらドキッとするんだろうけど……

ちょっと三田先輩？　口付けた弁当の箸をそんな平気に寄越して来ないでください。

「会議室はいいっすよ。向こうは向こうで別の空気が出来上がってそうですし」

「ああ……それはあるわ。美男美女だしね」

「そこ行きます？　そこ行っちゃいますか。ハンバーグ自分で食ってください」

太れ太っちまえ。太って稲富先輩を抱き上げた時の軽さで絶望してしまえ。会議室に行ったら俺のメンタルが死ぬかもなんで覗くのも嫌です。

引率班の休憩が終わるのを待つと、関わった生徒は全員体育館に集合。少しでも歓迎感を出すためなのか、在校生は体育館の両サイドに控える事になった。実際は終わり次第パイプ椅子も何もかも撤去の作業に入るからそれ待ちなんだけど。

左側前方、風紀委員に混ざって座る俺は集合する中学生の顔ぶれを確認する。学ラン、セーラー、ブレザー、学ラン……ここからじゃどれがどこの学校か分かんねぇな。遠目だと制服に特色が無さすぎる。

中学生も中学生でこの学校の生徒の顔ぶれを気にしているようだ。よく考えたら引率班はもれなく容姿の整ったメンツだったから、フツメンの自覚がある奴にはもう異常事態だったに違いない。女子アナみたいに顔面審査が有るのかなんて思われちゃってたりして。

放送委員らしき先輩が司会を務め、最初に四十五分間の学校紹介映像が流れる。在校生側の俺たちはその映像を見る中学生たちを微笑ましく眺めるといった斬新な立ち位置でその間を過ごした。

それを終えると生徒会こと結城先輩が登壇。よく見ると俺たちの逆袖側に生徒会メンバーが並んでいる。おい姉貴欠伸。欠伸やめい。

『中学生の皆さん、ようこそ鴻越高校へ。自分は生徒会長を務めさせていただいている結城颯斗です――』

眉目秀麗な高身長イケメンの登場に会場が色めき立つ。俺の前後に居る女の先輩が感嘆の息をもらしたのが分かった。あの人マジでどういった感情で日々を過ごしてんだろうな。一度で良いからあの顔と身長になってみたい。

結城先輩の挨拶と締めの一礼に溢れんばかりの拍手が飛び交うと控えていた中学生の先生方が皆を鎮めに飛び出す。ここでアンコールでも叫ばれたら面白いのに、なんて考えながらその様を眺めた。

続いて我らが風紀委員長の四ノ宮先輩が登壇――〝我らが〟って言っちゃったよ。よく考えたら俺違いますね……。こっちは結城先輩のときとは違って時が止まったように場が静まり返った。フツメン諸君のライフはもうゼロだろう。俺？　今日はもう序盤で瀕死状態だから。

『――皆の健全な学校生活は私たち風紀委員が保障しよう。この場に集まる生徒たちがこの鴻越高校に通う日を楽しみにしている』

後輩なんだから敬語要らねぇだろスタイル。騒がしい声は上がらなかったけどポツリポツリと「カッコいい……」と感嘆する声が聞こえた。女子諸君にとってはこちらの方が表立って推しやすいからファンの拡大待った無しだろうな。大勢の前に立つと堂々さが増すんだよあの人……頭撫でられたんだぜ俺？　夜刺されない？　頭溶かされてないよな……。

引率班、そしてこの学校のプリンス二大巨頭のアイドル性を最大限に押し出して集会は終了。この後は出校日の先輩方も解放され、中学生は自由時間を使って部活の見学に回るらしい。俺が中学生の時はここまでのは無かったぞおい。

◆

中学生が退場した後、また運搬担当としてパイプを始めとした機材の片付けに参入。夏川たち引率班は厳選されたただの一般生徒なためこのまま解放となった。文化祭実行委員はこれから本来の作業に戻るようだ。遠目に夏川と佐々木が並んで去って行くのが見えた。

また重労働かと思いきや、今日は重めの精密機器関係だけ片付けられれば後は後日で良いとのこと。サクッと終わらせて姉貴に頼まれた手伝いは終わった。

「――アンタ、ちゃんと働いた？」

一時的に開設の体験入学実行委員会は解散、会議室はもぬけの殻になって俺はまた風紀委員室で一息ついていた。そうしてると、乗り込んで来た生徒会副会長様から有り難いお言葉が頂けた。これは張り手をしちゃっても良いのかな？

「差し入れ貰うくらいには働いたっつの」

「……そ。お疲れさん」

「ああ？　四ノ宮先輩には会わねぇの？」

「いい」

他人事のようにぞんざいな労いの言葉を吐く姉貴。四ノ宮先輩に会わないのか訊くと非常にドライな言葉が帰って来た。自分からはあんまり積極的に近付かないのな……姉貴も俺みたいにお節介みたく気にかけられたクチか？

「アンタこそ、隣には顔出さないわけ？」

「え？」

「夏川さんだっけ？　居たけど」

「や、いいや。大変そうだし」

癒されに会いに行ったら逆に死ねる可能性があるから遠慮しておく。なるほど？　ドライな言葉の裏にはこう言った複雑な事情があったりするわけだな。姉貴にも色々あんのかもしんない。

「大変……？　夏休みの文化祭実行委員なんて決まったものを書類にちゃちゃっと入力するだけじゃん。余裕だって」

「ああ、そうなの？」

「そ。一言くらい話しかけときな」

どうにもお節介な言葉を残して姉貴は去って行った。四ノ宮先輩にはドライだったのにな……や、よく考えたら俺を派遣させたのが借りを返すためだったたか。もうよくわかんねえなこの姉。

「佐城君、ホントにあの副会長の弟だったんだね……」

「え、姉貴って何か変なアレだったりするんすか」

「変って訳じゃないけど……凛とした四ノ宮委員長よりクールというか……その、戦闘力が高いイメージ？」

「戦闘力」

一人の女の先輩に言われ、話を聞くと驚きの回答。また解りやすい恐れられ方してんなおい。戦闘力の高さについては納得せざるを得ないけど。少なくとも普段の家での恰好を見てクールと思った事はねぇな……おっさんだよおっさん。

◆

「佐城君、今日はありがとねっ」

「いえいえ、稲富先輩こそ今日も可愛かったですよ」

「えへへ、もぉ。からかわないでよぉ」

「アンタ。ゆゆ口説いたら殺すわよ」

「俺を倒したいなら姉貴を倒してから来てください」

「ぐっ……卑怯よ！」

卑怯なの……？

サクッと三田先輩に嫌われつつ荷物を纏める。これで俺の今日のノルマは終わりのはずなんだけど……四ノ宮先輩は立場もあってか事後作業に追われてまだ帰って来ていない。少し待とうと先輩たちと喋ってはいるものの、ぶっちゃけもうする事無いんだよな……帰っちまうか？

「………えっ」

うっそん。

三田先輩たちもこれで終了なのかと思いきやびっくり仰天。なんと風紀委員の皆が三年生を中心に書類を広げ始めた。底知れない労働意欲に軽く畏怖を覚えた。

「いやあの、まだやるんすか？」

「そうよ。これから今回の来場者集計とアンケートに報告書。これを纏めて提出して終わりね」

うわぁ、風紀委員やりたくねぇ……。

それが顔に出てたのか、三田先輩が俺の鎖骨の部分を小突いて来た。超痛い、でも今のは申し訳無かったな。

でも纏める内容はそんな難しいものでもない……？　パソコンも有るみたいだし、俺とかでもできるんじゃないか……？

「……パソコン一台空いてんなら、俺何かやりますよ」

「え、ええ……？　いーよぉ。ここまでやってもらったんだし」

「もしかして去年のテンプレート有ったりします？　集計をファイルにするくらい俺にもできますよ」

「……そこまで言うんなら任せましょうよ、ゆゆ」

「う、うん……」

手作業で書類纏めしてる委員が多いからパソコンは余る……こりゃあれだな、扱える人が限られてんのか。まさか中学時代にこっそりやってたバイト経験が活きる時が来るとは。

「これがその資料っすか？」

「え、うんそうだけど……ホントにやるの？」

「その方が早く終わるんでしょ？」

「そ、そうだけど……」

ノーパソを持って手書きされた中学校ごとの集計資料を分別してる二年の先輩の隣に座る。デスクトップの適当なフォルダから似たような集計データのファイルを開いてどんな感じに纏めているかをチラ見。同じ形式になるようにカタカタとキーボードを叩く。懐かしいなこの感覚……こんな業務的にパソコン触るなんて超久々だわ。

「はぉん……え、十三校も来たんすか？　この辺そんなに中学校有りましたっけ？」

「この辺じゃ進学校だからねぇ、私が中学生のときに通ってた塾じゃ、いっつも偏差値ランキングの二番目や三番目にあったはずだよ一番じゃないっていうのがまた何かねっ……えへへ」

来場校の数に驚いて思わず声に出すと、二年の先輩が明るく返してくれた。やだ凄い親しみやすい。こういう人良いな、ちょっと無邪気な感じが可愛いんだよ。

談笑しながら手を進める。思ったより数が多くて苦労したけど、バイトの時の量に比べたら瞬殺だ。言った通りの内容を表に纏め、過去の形式に沿ってグラフを作成して別のシートに貼り付ける。時給上げのために鍛えてなかったらこういう便利な機能すら知らなかったんだよなぁ……何気にあの時は地獄を見てたな。バックれなかった自分を褒めてやりたい。

一時間半くらいか。時折会話を挟みながら作業を進め、最後に完成したファイルを相互に確認して終了。「大丈夫大丈夫」と意気込んでた割には皆その場でグダッと伏せている。仕事が終わった感動を噛み締めてるんだろう。

「終わったぁ……甘いもの食べたいよぉ……」

「一ノ瀬くぅん……」

「わっ、その、えと、由梨ちゃん……？」

口々に漏れ出す願望がとても切実に聴こえる。視界の端にめっちゃ目に毒な光景がありますね……周囲が余計にダメージ受けるんでやめてくれませんか。盗んだバイクで走り出したくなります。

「……結局、四ノ宮先輩は帰って来なかったっすね」

「あっちはもっとつらいわよ。うちの校長も交えて各校の先生と会談してるからね」

「先輩ハゲないすかね」

「ハゲないわよ」

それを聞くとパソコンをカタカタ打つだけで仕事が終わるのがとても恵まれた事のように感じる。ひたすらお偉いさんと話さないといけないなんて地獄だぜ……。将来就く仕事はよく考えとこう。

「他に仕事は……？」

「もう無いわよ。平日ノルマも併せて終わり。後は解散するだけね、流石に凛さんも帰って来るんじゃないかしら？」

「じゃあご褒美に栄養ゼリーあげないとですね」

「アンタそれまだ持ってたの……もう温いどころじゃないじゃない、絶対にやめて」

ついさっき余計に飲む気失せる光景を目の当たりにしたからな。一度冷蔵庫で冷やさないととても飲む気になれない。持ち帰りまーす。

話す三田先輩の奥、稲富先輩がパソコンの前で机に上体を投げ出してグダっとしていた。そのまま顔だけ前に向けると、くしゃっとした顔で「うぅ～」なんて唸り出した。とても……そう、とても幼気な声で。

「………」

「アンタ今〝膝に乗せたい〟って思ったでしょ」

「！　い、いいえ？　な、何言ってるんですかそんな訳ないじゃないですかもぉっ……！」

「狼狽えすぎよ」

な、何故バレた……実際にするわけじゃないし思うだけなんだから別に良いじゃない！

そんな責めるような目で見ないでくださいよ！　ってああっ……!?　この先輩、自分の膝の上に稲富先輩乗せやがった！　チクショウ！　眼福だ！

「ねぇあのさ。アタシ、佐城のこと舐めてたわ」

「え？」

癖を刺激され悶々としていると、三田先輩が急に呟くように切り出してきた。え、今日何なの？　神様がくれた冥土の土産？　明らかに今から照れ臭いこと言うよね？

「いや、佐城が凛さんに気に入られてるの、楓さんの弟だから贔屓されてるんだって、同じ後輩としてちょっと嫉妬してたんだ。でも違ったね」

「う……そ、そうすか」

「うん、何ていうか……アンタ面白いもんね。そこに居たらつい話しかけちゃう感じ？

今日の働きぶりも思ってたのと全然違ったし、納得させられた」

「そ、そうっすか？　先輩こそ……最後の方で現場を指揮する姿カッコ良かったですよ」

「ふふ、女の子の褒め言葉としてどうなのそれ」

「あ、いや……その、ですね……」

あの、話に集中できないんで稲富先輩の肩に胸乗っけんのやめてもらって良いですか。

◆

結局、四ノ宮先輩と顔を合わせる事は無く副委員長を除いてその場は解散となった。三田先輩たちは他の風紀委員の女子たちと予定があるらしく早めに下校していった。対して俺はと言えば、のっそりと鞄を持って一人下校するだけ。いつもなら心寒く感じるんだろうけど、今日は一日を通して、こう……刺激。刺激が強過ぎた。ムワッとして暑苦しい廊下が逆に安心する。日常が戻って来たって感じがする。

昇降口への向かいざま、風紀委員会の隣にある文化祭実行委員の会議室の近くを通る。

丁度後方の扉が開いていたから中が見えた。

しんと静まって黙々と作業に取り組む一同。思っていたより本気な感じが窺えて思わず瞠目する。視線は自然と俺の知り合いの元へと向かって行った。

「………」

隣り合い、アイコンタクトを交わして仕事をこなす二人。静まった教室で時折小声を交わし、仲良さげに作業に取り組んでいる。

——ああ……ありゃ凄ぇわ。

何らかの雑誌の表紙を飾っても良いくらいの画に嫉妬心とかよりも逆に感心が湧いた。胸に生まれた心臓を抉り込むようなこの感情……幸いだったのはその感情を直ぐに自覚できたことか。何とか自制心で薙ぎ払って夏の暑さに溶かしこむ事ができた。何だ、やればできんじゃねぇか俺。

「……贅沢だろ」

自分の最近を振り返るとポツリと声が漏れた。ホントなら人と会いづらい夏休みだというのに、中々充実してるように思える。先輩どころか大学生のお姉さんにまで可愛がられてどう見ても俺は幸せ者だろ。だから、度を越して自分の欲を優先することは良くねぇんだわ。これ以上見ていても目に毒なだけ。

俺の〝今日〟が終わった。だからもう寝るまでのものは全て見なかった事にしよう。その方が、きっと良い夢を見られるだろうから。

◆

高二病に襲われると自己嫌悪と久々の重労働で帰る気力を失くした。中庭の日陰のベンチに座って呆然とする。南風は暑いけど、ボディーシートで拭いたところが煽られると涼しくて心地いい。このまま寝てしまいそうだ。いやいやいかんいかん。

周囲を見渡すと、中学生たちがワイワイ言いながら部活見学に勤しんでうろうろしてた。一人で居るのを見られんのも何だか恥ずかしいし、そろそろ帰るか。

「あ～、ケツ汗――――あ？」

よっこらせいと立ち上がって湿った尻元を触ってテンション爆下げ。最近の中でも特に隙だらけになった瞬間、面を上げた先に奇妙な光景が映った。

昇降口から駆けて出て来る超絶美女。ややウェーブ掛かった赤茶の髪を揺らし、足を踏み出しながら辺りをきょろきょろと見回している。一人だ。普段の俺なら諸手を挙げて突撃して話しかけるところ。それなのに、どこか彼女に〝会いたくない〟と思ってた俺は隠れもしないまま息を潜めるようにその場で固まってしまった。

当然、飛び回る視線はいずれ、こっちに向く。

「え――――？」

え、ちょ、こっちに来た。めっちゃ真剣な顔してる。やだカッコいい……惚れそう。ああ、そういや前から惚れてたわ。

きっと今の俺はアホ面を晒してたに違いない、つかつかと歩み寄って来た彼女は少し離れたところで止まると、呆れたように話しかけて来た。

「――何やってるのよ」

「……こ、腰伸ばし？」

高校一年生の夏、青春の時代を生きる俺が、動揺しながら発した第一声は完全にジジイのソレだった。

「夏川さん、佐々木君も。体験入学の引率をやってくれないかしら？」

「え……？」

　夏休みに入って直ぐのこと。文化祭実行委員の活動中、北棟校舎に赴いた担任の大槻先生が私と佐々木君を呼び出して頭を下げた。突然聞かされた慣れない単語に思わず訊き返してしまう。

「八月六日。鴻越高校じゃ三年生だけ出校日になるの。その時に何校もの中学生たちが来て学校を回る感じね。その案内役を二人にお願いしたいのよ」

「へぇ、そんなものがあるんですね。でも、どうして俺と夏川なんですか？　俺たち、まだ入学して四か月なんですが……」

　佐々木君のもっともな言葉に頷く。確かに、中学生を案内するというならこの学校に詳しい三年の先輩の方が相応しい。どうしてまだこの学校を知り尽くしてもいない私たちが、と同じ事を思った。

「それがね。あまり大きな声で言えないんだけど……この学校は例年、広告になるように見た目の良い生徒に案内役を依頼してるの。それで職員会議で色んな一年生の学生証写真を見せたら、貴方たち二人が話に上がったのよ」

「み、見た目、ですか？」

普通の学校じゃ考えられないような判断基準に驚きを隠せない。容姿については自分じゃどうこう言いづらいものの、〝見た目が良い〟と評された事に嬉しさを感じる。その反面、学校側に〝自分の見た目について話し合われた〟という事実が妙に気持ち悪く感じた。

「文化祭実行委員でよく学校に来てるっていう理由もあるんだけどね。忙しいとは思うんだけど、お願いっ！　頼めないかな！」

ぱんっ、と両手を合わせてお願いされ、私と佐々木くんは思わず顔を見合わせる。判断基準はともかく、来年の後輩になるかもしれない子たちの案内という点は誇らしいものに思えた。だけど、同時に緊張で上手く喋れない未来も想像できた。

「夏川、受けてみないか？　もしかしたら来年の後輩に顔を覚えてもらえるかもしれないだろ？」

「え？　うん……」

佐々木くんは前向きに考えているみたいだ。考える間も無かったからか、流されるまま返事をしてしまった。一拍置いて少し迂闊だったと後悔する。けれど、やっぱり前向きな気持ちが私の中のどこかにあった。

「本当っ⁉　ありがとう二人とも！　それじゃ、担当の松本先生には話しとくね！」

「はい！　詳しい事はまた連絡してください！」

「任せて！」

「えっと……」

とんとん拍子に話が進んで、大槻先生は早々と去って行ってしまった。私は中学生の体験入学の案内役を任される事になった。苦い笑みを浮かべながらも、どうせ学校には週二回ペースで通うのだからと、なるべく緊張しないように今は考えないようにすることにした。

「文化祭に体験入学に、俺は部活もあって――何だか最近充実してるよなー」

「うん……そうだね」

実行委員として活動する中で、佐々木くんはしきりに私に話しかけてくれる。一応私の家に招待した事がある仲とはいえ、元々〝よく話す〟仲ではなかったと思う。それもあってか、気を遣ってくれているようだった。

ぼんやりとしたまま相槌を返して委員会に戻る。佐々木くんには悪いけど、最近はどうにも気分が乗らない事が多い。だからと言って仕事の手を抜いたりはしないけど、会話の続きが何も思い浮かばない事を申し訳なく思った。

「――今年の文化祭のスローガンは『Brand New World ～新たな時代へ～』になります。だから、文化祭でどんな新しい事ができるか考えていきたいですね」

大半の実行委員がジャンケンで決まったものとは思うけど、そこは進学校だからか、真面目な話し合いのもと文化祭の大枠が話し合われた。去年が〝伝統〟をテーマにした文化祭だったからか、今年は新しいものに着眼点を置いたようだ。

「一年生は去年この学校の文化祭に来てたなら分かると思うけど、結構壮大なものになります。有志や支援者の人がとても多いからそれに応えないといけないし、正直街を挙げてのイベントになる可能性も考えられるので、気合い入れて取り組む必要があります」

生徒主導の校風は自主性を養うのか、実行委員長の長谷川先輩はとてもできる人だ。一年生の私たちを積極的に引っ張ってくれるし、文化祭をより良いものにしようとしてるんだっていう強い気持ちが感じられる。

「夏休みは事前準備として予算がどれだけのものになるかをクリアにする必要があります。市の運営者、それから卒業生、住民――彼らがどれだけ支援をしてくれるかで今年の文化祭の規模が決まります。つまり、差し当たっては有志者の人数をクリアにする必要がありますね。おおよその人数は去年の名簿から割り出す事ができるはずです」

「それなら三年は新しい有志者を募るべきだろうな。市役所や公民館に募集の広告を貼れるように掛け合う必要がある」

「でも既存の有志者で文化祭は十分な規模になるわ。それなら去年の有志者の名簿から今年も支援してくれるのかヒアリングする事に力を入れた方が良いと思う」

「それなら三年生は半分に分けて、片方は二年生たちと既存の有志者に掛け合おう。一年生には今年分の名簿と暫定予算を纏めてもらうか」

三年生を中心に矢継ぎ早に意見交換が行われ、私たち一年生は半ば置いて行かれるまま役目が決まって行く。内容が目まぐるし過ぎて、私を含めた一年生はみんな揃って首を傾げるばかりだった。でも先輩たちはしっかりした人ばかりで頼りになるから、きっと大丈夫なのではないかと思う。

初回に大枠――スローガンが決まり、二回目で文化祭の概要、そして今回は私たちがする仕事の内容が決まった。現状、ここに来てほぼ座っているだけだ。このままで本当に良いのかと不安になってしまう。

ぼんやりしたまま、私の〝今日〟が終わった。

「その、さ……夏川。気分転換にサッカー部でも観に来ないか？」

「え？」

「いやさ、何か、どこかぼんやりとしてるみたいだし」

佐々木くんにはまた気を遣わせてしまったみたいだ。気分転換にはなるかもしれないけどサッカー部の邪魔になってしまうと申し訳ない。それに私自身、ただ暇という訳でもない。

「ありがとう。でも、愛莉の世話があるから……」

「そ、そうか。まぁそれなら仕方ないよな。悪いな、突然誘っちゃって」

「ううん、気にしないで」

サッカー部で運動神経が良くて気遣いもできる佐々木くん。凄いと思う。クラスの女の子たちがよくカッコいい、イケメンだと騒いでる気持ちも解る気がする。こうして部活にまで誘われたことを考えると、なんだか申し訳ない気持ちになった。

◇

十五時を回ると大半の生徒がそのまま部活に行くからか、昇降口前には私しか居なかった。遠くから聴こえてくる部活動生の喧騒を耳にすると、「どうして自分はみんなより早く帰ってるんだろう」と不思議な疎外感を覚えた。まるで、自分が普通ではないかのような……。

「……？」

後ろ向きな気持ちになっている自分に違和感を覚えた。まるで、自分の普段の生活を否定しているようだった。家では愛する妹が待っているはずだというのに。

「……駄目よ」

愛莉を世話するのは当たり前の日常。文化祭実行委員はやりがいこそ有るものの、楽しいかと言われれば言葉に詰まってしまう。そのまま過ぎた十数日、私の中に生まれたのは許しがたい感情だった。こんなもの、認めてしまっては愛莉に申し訳ない。

「……」

このモヤモヤした感じ……前にもこんな事があったような気がする。形容しがたいデジャヴ感。不意に自分を許せなくなり、抑えなければと戒めるようなこの感覚。いったい何なのだろう。

今までは……――渉が居た。去年も一昨年も渉が居て、目の前に現れるたびに「またか」って呆れて、そんな渉の行動力に圧倒されて気が付いたら買い物の荷物を途中まで運んでもらったのを憶えている。家に帰ったらお母さんと愛莉が居て、お父さんがお土産を持って帰って来て……。

ああ、だから退屈じゃなかったんだ。あの時は家族以外の誰にも会わない時間が無かった。暇があれば渉やクラスメイトの色んな子に連れ出されて遊びに行って、割と充実していたのを思い出した。

それなら――このもどかしさは何なのだろう。どうして私は、この絡まった感情に〝懐かしさ〟を覚えてしまうのだろう。

愛莉が生まれた時、私はまだ小学生だった。

初めての妹。小さな命の天使のような可愛さに、私も幼いながらに喜んだのを憶えている。お姉ちゃんになるんだからしっかりしないとって。そう意気込んでいたらお父さんとお母さんが偉いねって抱き締めてくれて、新しい家で、愛莉と一緒に満たされた日々を送ってたと思う。

小学校の卒業と同時期、転職で成功したという同僚の人に倣ったお父さんが躓いてしまった。大見栄を切って辞めた前職に復帰するなんて事ができるはずも無く……暫くお父さんは就職活動をする事になった。一年半後、何とか就職できたところで前職以上に軌道に乗る事はできたけれど、家が建ったばかりのうちはそれまでの間、苦難とも言える時期だったと思う。

お母さんは愛莉を産んで一年少しでパートに出て働くようになった。お母さんの体を心配した私は自分から家の手伝いを申し出て、自分の事は自分で済ますようになった。いや、状況的にそうせざるを得なかったんだと思う。

朝早く起きたら洗濯機を回してその間にお弁当を作る。庭に洗濯物を干したら自分の身だしなみを整えて中学校に向かう。帰ったら夕食のメニューをお母さんに聞いて買い物をして、愛莉の世話をしてる間にご飯を作ってもらう。

成長期で変わって行く自分の身体への対処、思春期ならではの不安定さから来る恐怖感。そのどれもに向き合わなければならなくなり、日々の生活に次第にうんざりして行くようになった。

干からびた日常。無垢な愛莉に対して眉間に皺を寄せた顔を向けたのは今の私にとっては永遠に許せない罪だ。だからこそあの時の分を幸せにして返すため、お姉ちゃんとして今、そしてこれからも精一杯の愛情を注ぎ続ける——そう、平穏を取り戻した時に心に強く誓った。

私にとって辛かったのが周囲との差だったと思う。他の子たちはいかにも女子中学生らしく新しい場所に遊びに行って、流行やファッション、ドラマやアイドルの話に盛り上がるようになって行った。それを楽しめるみんなを羨ましく思いながらも、次第にそんな周囲を理解できなくなってしまい、私は遊びの誘いを断ってどうにか忙しい日々を繋いでいた。

〝ああ、おかしいな〟って。そう思い始めたのが中学二年生の一学期だった。自分はすっかり教室の隅っこの住人……どうして自分だけこんなにつまらない学校生活を送らなければならないのって、反抗期に入ろうとしていたと思う。

もう、限界が近かった。

『——あのっ、昨日は！　助けてくれてありがとうございました！』

渉が現れたのはそんな時だった。

梅雨の時期、ビニール製の床が湿気でかなり滑りやすくなっていたのを憶えている。その日は時間が無くてお弁当を作ることができず、お昼を食堂で摂ろうとしていた。

そんな食堂の真ん中で、手に持っていたお盆を盛大にひっくり返してしまった男の子が居た。無理もない、床は湿気でつるつる滑るようになっていたし、いつか誰かがやってしまうだろうなって、心の中で思っていたから。

尻餅を突いて痛みに顔を顰めながら呆然とする男の子。その後五秒ほど、周囲の誰もが見て見ぬ振りをしたのを憶えている。虚ろな瞳、周囲に対する絶望……そんな雰囲気を漂わせた彼に酷く同情した。

ほぼ無意識に私は転がっていたお盆を手に取り、床に散らばって割れた食器類や料理を拾い始めていた。こんなの嫌だよね、辛いよねって、口には出さなかったけれど、視線で彼を励ましていた様に思う。

飛ぶように走って来た食堂のおばさんが水切りワイパーとちりとりを持って来て、私はその時の彼と三人で食器の残骸を処理し、騒動にもならず事なきを得た。

『夏川愛華さん。その優しさに一目惚れしました。俺と付き合ってくれませんか』

その三日後だった。漫画やドラマで見るように、彼が私を人気の無い校舎裏に呼び出して想いを告げてきたのは。正直、その時はどこか他人事のように聴いていたと思う。

日々の忙しさに追われ、その時の私は誰かと付き合うなんて考えにはなれなかった。当然、それを理由に渉からの申し入れは断らせてもらった。でも、それが彼――渉の猛アプローチの始まりだった。

『あんな真摯に向き合ってくれたのは初めてだ』

そんな事を言われ、渉は次の日から何度も私の元に顔を出すようになった。日々の鬱憤の上に煩わしい存在が加わって、かなり酷い言葉を投げつけてしまった事もあったと思う。それと同時に、鬱憤のありったけ——私の恥ずかしい部分を渉に知られてしまった。

『——夏川さん、ちょっとこの問題教えて』

『——ね、名前で呼んで良い？　呼ばせてくださいお願いします』

『——愛華、荷物持つから一緒行こうぜ』

付き纏って来る〝佐城渉〟という男。終いには放課後の買い物にも現れ始め、かなりオープンなストーカーに近かったと思う。その猛攻は皮肉にも学年で一種の名物になり、私の名前がみんなに知られる事になった。

『夏川さん、変な男子に付き纏われてるんだって？　大変だよね』

『夏川さん可愛いもん仕方ないよ！　アタシたちが守る！』

何の同情かは知らないけれど、いつの間にか私はちょくちょく誰かに話しかけられるようになった。渉が現れては心配してくれて、それから次第に授業の合間に話すようになった。

お母さんがパートを休んだ時、初めて同級生の友だちと遊びに行った。何処から聞き付けたのか、渉も男の子たちを引き連れて来て女の子たちみんなでやっかんだりして、そうやってワイワイする事がとても楽しかった……本当に、楽しかった。

受験生になって一時期、渉はあまり話し掛けて来なくなり、私は受験勉強に集中する事になった。同級生の女の子たちと一緒に必死に勉強して、私は授業料の安い進学校の鴻越高校を目指した。つらい日々だったけど、少し前のつまらない日々に比べたら全然平気に思えた。

〝家に負担をかけさせないため〟。その願いと努力が報われたのか、私は鴻越高校に合格する事ができた。驚いたのは、合格発表の日に渉が笑顔で待っていた事だ。

最近は大人しかったし、『ああ同じ高校なんだ、よく合格できたね』って、気軽に言葉を返したのを憶えている。たぶん、知ってる人が居るって安心感も有ったんだと思う。

その直後、渉は周囲にたくさんの人が居るのにもかかわらずとんでもない事を言い出した。

『愛華と同じ高校に通いたかったからな！』

慌てて人気の無いところまで連れて行って、割と感情的に叱りつけた。何故かその時にせめて名前で呼ぶようにと頼み込まれ、渋々了承したのを憶えている。

高校の入学式の放課後、渉はまた、私に自分の想いを告げた。その時には既にそれが何回目の告白なのか分からなくなっていた。それほど、中学生の間に同じ言葉を聞いていたからだ。

つまらない日々が過ぎ去ってもなお、私の中に〝誰かと付き合う〟という発想は無かった。それに、単純に渉の事を煩わしいと思い始めていた。いい加減しつこいと、きっともう聞く耳すら持っていなかったと思う。

高校生活が始まって渉はまた私に付き纏うようになった。あまりに実直なアプローチに私の周囲の席の子たちが目を丸くして驚いていたと思う。その中の一人に、〝芦田圭〟という女の子が居た。

『夏川さんモテてるね～』

『あ、あいつが付き纏ってるだけよ……』

顔をしかめて返したつもりだったけど、圭はくつくつと笑って私に話し掛けて来るようになった。一番に愛莉を紹介した親友だと思う。凄く頼りになる。そして中学生の頃と同じように、渉に付き纏われる私に同情するように色んな子が話し掛けて来た。

理想とはちょっと違うけど、中学生の頃とは違う。そんな期待を胸に、私は高校生活をスタートした。今までの苦労が報われるように充実した日常、家の事もあって部活は難しかったけど、それでも時々誰か女の子と遊びに行くようにはなった。その時、きっと私は満たされていたんだと思う。

『——悪かったな、夏川』

突然だった、訳がわからなかった。

何を言っているのか全然わからなかった。勝手に纏わり付いて、頼んでもないのに離れて行って。そのまま渉は私から距離を取った。その直後はショックなんて無くて、「これで平穏な生活が送れる」って、せいせいしていた——はずだった。

違和感を覚えた。

渉が茶髪の可愛い女の子と話すようになった。藍沢さんと言うらしい。圭とはどこかピリピリしている。そんな三人を見て、何かが変わって行ってしまうような気がして不安になった。でも何故か暫くすると、圭と藍沢さんが親しげに話すようになった。何か事情があったみたいだけど、そのとき私は蚊帳の外だった。

何かが足りないように感じる日常。席替えとともに遠くで渉と圭が前後の席になり、仲良さげに話すようになった。自分の中で良くないものが〝加速〟したように思えた。

——私もあそこに。

話し掛けに行こうとしたけれど、足が動かなかった。

私は今まで、何と言って話し掛けていただろう。その切り口がわからないまま、私はそんな二人の背中をずっと眺めていた。

クラスメイトがうちに来た。みんなが愛莉を可愛がっている光景を見てとても嬉しい気持ちになったけれど、渉が素知らぬ態度をとって、付いて来なかったことに何だかモヤモヤした。あんなに執着してたくせに――そんな納得の行かない気持ちが膨らんでいった。

そんな最中、同じクラスの佐々木くんが愛莉を抱き上げた。愛莉は楽しそうにしていたけれど、佐々木くんに懐く様子を見て言いようもない違和感を覚えて、最後は思わずさり気なく引き離してしまった。

変な感情が湧いた。納得できない感覚……その正体は直ぐにわかったけれど、今度はそんな感覚を抱く自分の神経がわからなくなってしまった。何で、どうしてって……自分の中に生まれた矛盾に、苛立ちが生まれた。

愛莉が一番最初に懐く男の子が佐々木くんだったのが嫌だった。

ひた隠しにしていたら圭から怒られた。本音を言い当てられ、圭から渉に暴露された。恥ずかしくて、居たたまれなくて、私は逃げることしかできなかった。

〝佐々木君〟を上書きさせるように、訳のわからない事を言って渉を家に引っ張り込んだ。冷静に考えるととんでもない事をしたと思う。愛莉とは絶対に会わせないようにしてたはずなのに、自分がどうして渉に期待をしているのかわからなかった。でも、そうでもしないと自分の中のモヤモヤが収まらなかった。

渉は愛莉を抱き上げるのが下手だった。だから教えてしっかりと抱っこさせた。愛莉は楽しかったのか、いつも以上に体を動かして渉に甘えた。それを愛莉と同じ目線になって受け止める渉がおかしくて、思わず笑ってしまった。ちょっと可哀想だったけど、愛莉が疲れ切るまで付き合ってくれた事を嬉しく感じた。

その時、ずっと胸の内にあった違和感が消えたように思えた。

ある時、渉が倒れた。頭が真っ白になって何も考えられなくなった。大事じゃない事を強く願った。保健医の新堂先生からただの風邪だって聞いてホッとした。あんなに元気な圭が、渉を見て顔を青褪めさせているのが悲しかった。それほど私たちにとって渉の存在は大きくなっていたんだって、初めて自覚した。

高校生になって初めての夏休みは家で過ごす時間が増えた。

文化祭実行委員の活動も週二日と少なく、目一杯愛莉と遊べる事を喜んだ。スマホのメッセージアプリではクラスグループが夜中まで盛り上がっていた。渉も話に交ざったり、他の男の子の発言にツッコミを入れる様子がおかしくてついクスリと笑ってしまった。愛莉に見せると首を傾げていて、その様子がおかしくてまた笑ってしまった。

それから十数日。グループメッセージも落ち着き、夜は遊んだ内容を報告し合うだけの日々が続いた。カラオケにボーリング、こんなお店に行ったという報告を見て羨ましく感じた。

圭は部活で忙しいらしい。毎日アプリを確認してるけど、渉は全くグループに顔を出さなくなった。一方で私はと言うと、愛莉と遊んで週二回は文化祭実行委員会で学校に通っていた。だけど、そこにあの二人の姿は無くて……心の中に中学生の頃では考えられない感情が生まれた。

――寂しい。

本当は心のどこかで解っていた……自分が圭みたいな明るい子が居ないと萎縮してしまう内弁慶だという事。しつこくて煩わしくて鬱陶しかったはずの渉に、嫌悪感とは全く別の感情を抱いているという事を。

なんて我儘なんだろう、なんて子供っぽいんだろう。そう自己嫌悪をすると同時に、愛莉と居る日常を退屈に思ったことに姉としてショックを受けた。

愛莉に対する罪悪感。圭のように明るく積極的に振舞えない情けなさ。渉に対する矛盾した気持ち。潤いに満ちていたはずの心の中は気が付けば呆気なく渇き切っていて――。

涙すら出なかった。

5章 ❤ 女神は走る

八月六日。文化祭実行委員会に断りを入れ、私は佐々木君と二人で隣の会議室に足を運んだ。体験入学の行事のために開放された教室だ。中には実行委員会では見ない先輩たちが揃っていて——思わずその様相に驚いた。

「なんか……凄いな」

「う、うん……」

容姿が整っている——要は広告としての〝理想の鴻越生〟をアピールするにはもってこいの面々が揃っていた。この中に粒揃いの生徒会の面々が居ないのは手が空かなかったからか。

「佐々木君はともかく……私はどうなんだろう」

「いやいや逆だよ逆。夏川はともかくどうして俺が此処に居るんだろうな」

此処に居るというだけで何とも自画自賛しているように思えてならない空気だった。そんな教室の席に腰を据えている自分が小っ恥ずかしくて仕方なく、思わず佐々木くんと顔を見合わせてお互いに照れ笑いを浮かべた。

会議室後方から見て左前のスペースが空いていた。長机の面積を無視するように、その辺りは木製の椅子が乱雑に置かれていた。どうしてあそこだけ、なんて思っていると、会議室に新しい面々が入って来た。

「そういや体験入学は風紀委員主導だったな。文化祭実行委員は生徒会らしいけど」

「あ……そうだったんだ」

片腕に〝風紀〟の腕章を付けた面々は乱雑に置かれた椅子に窮屈そうな顔をしながら座っていく。また一人、また一人と増え、終には私の居る席の後ろまで範囲を広げていた。そのあまりもの人数に、この行事が結構大掛かりなものである事を理解した。

入ってくる風紀委員たちを見ていると、続いてとある人物が会議室に入って来た。もしここに圭が居たらきっと騒いでいたと思う。四ノ宮凛風紀委員長——名前の通り凛とした立ち居振る舞いの彼女は自信に満ちた顔で教卓の前を陣取った。

「——え……」

私の目に見慣れた男の子の姿が映る。

四ノ宮風紀委員長の後ろを小者のようにこっそりと通る男の子。彼は怯えるようにきょろきょろと周囲を見回すと、風紀委員の人たちが座る席へ忍び足で向かって行く。

った。

瞬間、目が合った。

渉も驚いたのか、目を見開いて私を見ると小さくシュピっと手を上げて「うす」と言いたげに口を動かした。その姿があまりにも小者っぽくて、思わずふっ、と息が漏れてしまった。

――渉が居る。

曇り掛かっていた頭の中が晴れるように開けていく。渉もこの行事に参加するんだと思うと、まるで鉛が詰まっているかのように重くなっていた胸中が軽くなって行くように感じた。頭が回転し始めて疑問に思う。何で渉が、風紀委員の人たちと同じ席に……？

疑問に思ってると、四ノ宮先輩が話し始めた。

「――全員揃ったか？　それじゃ、事前の打ち合わせを始めようか」

格好良い。思わず心の中でそう感嘆した。こんな女性になりたい。圭ではないけれど、女性ながらに心を震わせてくるような低い声に思わずときめきを覚える自分が居た。四ノ宮先輩は勇ましげに会議を進行していき、体験入学の概要を説明した。惚れ惚れしてしまい中々集中できない。今だけは圭の気持ちが痛いくらいよく分かった。

中学生の引率は学校案内も兼ねる重要な役割だった。一年生の私たちは二人で一校を案内し、要所要所でその場所の用途と設備の説明をする事を申し付けられた。配られた資料に目を通して、私たちの方が色々と知ることになった。

「え、多目的ホールってこんな設備あんの……？」

「知らなかったね……」

自分の通う学校のまだ知らなかった情報に目を引かれる。これを一通り十五分程度で読み込んで、中学生を案内するときは自分の話し方でアピールすれば良いとのこと。台本の言葉を一語一句覚えて話すよりは楽かもしれない。

仕事の内容を頭に入れながら渉の方を見る。久し振りに目にした渉は少し日焼けしていて、髪の色が少し落ちていた。また少し茶髪に戻っているところを見て何だかしっくりした。きっとこっちの方が見慣れているからだと思う。

「な、なぁ……佐城のこと、気になんの？」

「うん……」

「えっ」

佐々木君に何か尋ねられた気がする。渉のことを気にするあまり無意識に返事をしてしまった。改めて意識を佐々木くんに傾けると、口を真一文字に結んで資料に目を落としていた。特に広がる会話じゃなかったんだと、私も同じように資料に目を通す。

それからいったん打ち合わせが終わったものの、引率役の私たちはまだ内容の中身を固める必要があったのか会議室に残る事になった。四ノ宮先輩を含めた風紀委員の面々はぞろぞろと教室から出て行き、渉もその後ろに続いて行った。さっきの渉の挨拶を返すように、私も口の動きで何かを伝えようとしたけど、渉がこっちを見る事は一度も無かった。

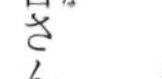

「皆さんの案内役を務めさせていただきます、佐々木貴明と申します。今日は宜しくお願いします」

「同じく、夏川愛華です。宜しくお願いします」

昇降口前で中学校名が記載された看板を持って中学生たちを並ばせる。私にとっては誕生日が一年の差も無い子が多いだろう。そこの学校からは六人と少なめだけど、先輩風を吹かせて相手をするには大き過ぎる男の子も多く、少し圧倒された。

私と佐々木君にとってはフリーアピールの時間なんだと思う。案内のルートは決められているため、ゆっくりと歩きながらこの学校の校風や各教室、設備の説明をしていく。中学校とは違って進化してるような点を強調しながら、少し誇張を混じえて案内を続けた。

「ねぇねぇ、夏川さんだっけ？　どこ中だったの？」

「えっ」

道中、ワックスで髪をつんつんに立たせた男の子が質問しながら近寄ってきた。先輩を相手にしているとは思えない態度に思わず怯（ひる）んでしまった。

「はい、関係ない質問はやめようか」

「あア……？」

「えっと……」

そうして迫（せま）る男の子に対して、佐々木くんが間に割って入ってくれる。噛（か）み付くようなその態度に佐々木くんがムッとしているのが分かる。後ろの同じ中学生の子たちは何もする事が出来ずおろおろとしていた。

いけない、少しでも先輩らしいところを見せないと。四ノ宮先輩ならどうするだろう、圭ならどうするだろう……渉ならどうするだろう。

そんなことを考えていると、頭に浮かんだ面々が割と遠慮（えんりょ）の無い顔ぶれである事に気付いた。

「君みたいな子はこの高校に要（い）らないね」

「えっ」

「要らないって言ってるの。聴こえなかった？」

店員さんとお客さんのように、こっちは大口を叩けないと思ってたんだろう。鴻越高校側からすれば、少しでも新入生の志望者を増やしたいところだから。

それでもここは人気のある鴻越高校。盛った表現だけど、住宅街は近いし授業料は安く、そのうえ進学校だから大学受験にも使える学校だ。そう考えるとわざわざこんな風に学校案内なんかしなくても志望者は集まるんじゃないかと思えて来た。

だから、こういう男の子に遠慮なんか要らないと思った。

「この男の子は別として……あなたたちにはしっかり案内してあげるから。さ、付いて来て」

態度が悪いからと言ってその中学校自体の評判が落ちるわけじゃないと強調し、案内を再開する。少し驚いた様子の佐々木くんの背中を押し、何事も無かったかのように足を進める。こういうのは狼狽えてしまった方が負けだ。怖いけど、佐々木くんも居る。今は頑張ろう。

毅然とした態度を装って後ろを窺うと、例の男の子は気まずそうに黙って後ろを付いて来ていた。

「……夏川、あんな風に言えるんだな」

「誰かさんにはいつもあんな感じだから」

「……」

勢いで言ってしまった。誰とは言わなかったけどたぶん理解はしてくれるだろう。渉、一学期の最初から割と佐々木くんと話す仲だったと思うし。何より不本意だけど、私と渉のやり取りはちょっと名物らしいし。

……渉は、今何をやってるのかな。

「あの！　この学校の制服可愛いですよね！」

「ええそうよね。それもあって私はここに入ったの」

〝正しい〟雑談も交えながら足を進める。

資料から読み込んだ学校の情報は私自身の興味を引くものもあって憶えやすかった。そのおかげか、まだ使った事のない教室などの説明もスラスラとできて、順調に進める事ができた。

「おおよそ学校は回ったな。みんなから何か質問はあるか？」

「はい――」

私は半々だけど……佐々木くんは女の子からだけ質問されるからつい苦笑いしてしまう。格好良いから仕方がない。後輩(こうはい)の男の子たちも、もしかしたら訊(き)きたいことがあるのかもしれない。中々口を開かないのは、佐々木くんの事がちょっと妬(ねた)ましいからなのかな。

幾つかの質問に答え続けて、いったん昼食。お弁当を持って来ている子もそうじゃない子も今日だけ貸切の食堂に案内して指定の席に座らせる。

「このあと十三時から体育館で映像での紹介があります。だから皆さんにはそれまでに食べてもらって移動してもらう事になるので、注意してください」

「俺たちからの案内はここまでなんだ。次のが終わったら部活見学するも良し。帰っても良しの自由行動になるから好きに回ると良いよ」

「はい！　分かりました！」

私たちの役割はこれで終了。体験入学用の会議室に戻って昼食を取り、中学生に向けた映像紹介が始まってから四十五分後までに体育館に行けば良い。少しの時間の仕事だったけど、精神的にかなり疲れているように感じた。

「中学生の相手は難しいな」

「そうかな……佐々木くんはモテモテだったと思うけど」

「や、まぁ、うん……だから男子の連中がさ」

「あー……うんそうだね」

案内役の男の子は先輩含めて格好良い人ばっかりだったし、自分を大きく見せたい盛りの中学生の男の子にとっては気後れするものだったかもしれない。でも、あんな態度を取られたらな……何も良い印象なんて残らない。

会議室に戻ると十人近い先輩たちが戻っていた。私たちだけが早々と案内を済ませたわけじゃないと知り安心する。

チラッと風紀委員が座っていた席を見るものの、戻って来た人は一人も居ないようだった。椅子は誰かに整理されたのか、部屋の端で何重にも積み重なっていた。もしかして、もう戻って来ないの……？

「それで夏川、俺たちは昼どこで食べようか？」

「え――――」

一緒に食べるの？　なんて純粋な疑問が湧いたけど、この流れから考えるとそれが自然なのかもしれない。普通なら私も佐々木くんも一緒にお昼にしないと一人になってしまうから。そう考えると、その条件は何も私たちだけじゃないことに気付いた。渉は……戻って来るのかな。

佐々木くんも私と同じくお弁当を持って来たみたいだ。包みを解いた途端、佐々木くんがちょっと気まずそうな顔になった。少し私に背を向けると、取り出した箸でお弁当に何かをしているようだった。

「いや、ちょっとメッセージがさ……」

「あ、そうだったんだ」

少し混ぜられたご飯を見ると、薄桃色のそぼろの様なものがちりばめられていた。その上で、何やら文字のような形の細長い玉子焼きが崩されていた。これは……もしかして、元々は可愛らしい感じになっていたんじゃないだろうか。

「うーん、何かもったいない」

「は、恥ずかしいんだよ、頼むから察してくれ」

照れ臭そうにする佐々木くんを新鮮に感じる。いつもクールに何でもそつ無くこなすイメージがあったし、こうして動揺する姿を見るのは初めてかもしれない。きっと、家ではこんな感じなんだろうな……。

私もお弁当を広げて食事をとる。こうして二人で食べるのは夏休みになってから何回かあったけど、佐々木くんはいつも新しい話を聞かせてくれる。たぶん私はあまり話せる方じゃないし、こうして向こうから話しかけてくれるのは本当にありがたいと思う。

でも、無理はしなくて良いと思うんだけどな……時々だけど、必死に話を繋げてくれているように感じる。そんなに気を遣わなくても、私は気にしないんだけどな……。

「……」

会議室の入り口を見る。ずっとここに居ても、渉や風紀委員が戻って来る気配は無い。

もしかして別の場所で休憩しているのだろうか。

結局、食事が終わっても渉は戻って来なかった。

風紀委員の先輩の呼び掛けで私たちは体育館に移された。その中では来訪した中学生たちが学校ごとに列を作って座っている。誘導されて左側の前の方に進むと、その先に風紀委員の人たちが居ることに気付いた。

——あ、渉……。

たった三人ほど前。そこに見覚えのある横顔があった。渉は前で流されている映像を見ながら、時々中学生たちの様子を窺っているようだった。あまり無表情な顔は見ないから少し新鮮に感じる。

……あれ？

少し離れたところから渉を見ていて気付いた。風紀委員って、男の子が少ない……？

隣に居る大柄な先輩を除くと一人も見当たらない。よく見ると周囲を女の子たちに囲まれている。まさかとは思うけど、下心があって参加したんじゃないかと疑ってしまいそうになった。

映像が終わると、渉のお姉さんが所属する生徒会から会長の結城先輩が登壇して挨拶を始めた。瞬間、中学生たちの間にどよめきが走った。それも仕方ない、生徒会長の結城先輩は佐々木くん以上にキラキラしていたから。入学してから私も何度か見て来たけど、本当に現実に存在しているのか疑ってしまいそうなほどだった。渉のお姉さんはよくあんな人の隣に居られるなって思う。私だったら萎縮してしまいそうだ。

続いて私が座る列の先頭から四ノ宮先輩が立ち上がって登壇。黒髪の長いポニーテールを揺らして堂々と上がると、結城先輩と話す内容が逆なんじゃないかと思うような格好良いセリフで場を圧倒し、最後に会場のみんなを包み込むような言葉を残して華麗に降壇して行った。

……か、格好良い……。

気が付いたら両手を合わせて胸元で祈るような姿勢になっていた。ファンが多いのも納得が行く。圭がファンになるのもわかる気がする。本当に無意識だった。私もあんなふうに堂々とできたらと思う。圭ほどじゃないかもしれないけど、私の中にも強い憧れが生まれた。

しばらく呆然としていたらしい。気が付くと、周囲に合わせて退場していく中学生たちを見守っていた。まだ胸の中で何かの余韻が残っている。どこかふわふわした気持ちになっていたものの、風紀委員の先輩の一人がパンッ、と手を叩いたことで現実感を取り戻した。

「はい！　みんなはここで解散ね！」

「はーい」

　気が付けば私たちの役目は終わっていた。後片付けは風紀委員会がするらしい。手伝わなくて良いのかな、なんて思ったけど、私たちに声をかける人は誰も居なかった。人手が足りてるのなら、別に良いのかな。

「……えっと」

　渉は……居た。壇上にある大掛かりな機材を他の先輩たちと持ち上げている。力仕事の真っ最中だ、とても話しかけられる雰囲気じゃない。そんな大真面目に取り組む姿を見て、一瞬だけ格好良く見えた気がした。

「夏川、行こうぜ」

「え？　う、うん……」

　ふと見ると、引率をしてた班からも親切心で片付けの手伝いを申し出る先輩がいた。それなら私も、と思ったところで佐々木くんから呼ばれる。大半の生徒が校舎の方に引き返して行く中で、一年生の私がひとり名乗りを上げる勇気は無かった。

「――あ……」

　最後に渉を視界に収めて、何とも言い難い気持ちが込み上げた。結局、久しぶりに会ったというのに一度も言葉を交わしていない。もしかして……これが最後？

　胸中に少しの寂しさを残したまま、体育館を後にした。

「ごめん！　まだ時間あるなら来てくれないかな？」

　体育館から教室に引き上げて一息ついていると、先輩たちは荷物をまとめて教室から出始めた。念のため佐々木くんが尋ねてみると、もう出番は無いらしく後は帰るだけとのことだった。先輩たちに倣って机に広げたままだった資料をまとめていると、隣の教室から文化祭実行委員会の先輩がやって来てお願いされた。

「え、まだ作業やるんですか？」

「今日に限って連絡が取れた有志があまりにも多くて……原則その日のうちに内容をまとめないと駄目なんだ」

「うーん……わっかりました」

部活の方は都合がつくのか、佐々木くんはあっさりと実行委員の方を優先した。後で訊いたところ、サッカー部の夏の試合はもう終わっていて一段落付いたところだったらしい。時期も時期だし、あまり触れないようにしておこう……。

学校に残る理由ができて、胸の内である思いが膨らむ。片付けが終わったら来てね、と残す先輩に荷物の少ない佐々木くんが付いて行く。教室から出て行くのを確認すると、私は一度文化祭実行委員の教室を通りすぎてその奥の教室に向かった。

風紀委員会。

体育館から帰って来て少し時間が経っている。もし風紀委員も引き上げているならその中に渉も混じっているかもしれない。それなら、せめて一言交わすだけでも。

「………話せるかな」

少し前までならこんなふうに思うことは有り得なかった。私に付き纏い、何度拒絶しても離れなかった男の子。高校に入学してからもうっとうしさを増すばかりで、もう関心なんて抱かないものだと思っていた。でも、どうしてだろう。直ぐそこに居るのに、話すこともままならないのが物足りなく感じて仕方ない。どうして自分はこんなに納得の行かない気持ちになっているのだろう。

風紀委員会の活動拠点。教室そのものが使い込まれているのか、他の教室より独特の事務的な匂いが漂って来た。中からはガヤガヤとした声が聞こえる。どうして渉が風紀委員と同じ立場で参加しているのかは分からないけど、覗いてみることにした。

扉は、開いていた。

「…………あ…………」

中をこっそり窺う。談笑する声は多少あるものの、風紀委員の人たちは書類を片手に教室内を行き交っていた。真面目に話をする先輩、何やら難しい内容の話をする先輩。声と声が入り混じる雑多な空間に見えるものの、ちゃんと活動としてハマっている光景のように思えた。たぶん、ここの人たちにとってはこれがいつもの日常なんだろう。

その奥、ノートパソコンを広げる人たちの中に、渉は居た。

知らない先輩から書類を受け取って、それを見ながらパソコンに書類の内容を打ち込んでいるようだ。真面目な横顔、顎に手をやる仕草、この角度からはどれもが見た事の無いもので、まるで会った事の無い人の様に思えた。渉、あんな顔できるんだ……。

「……忙しそう」

さっきの体育館のときと同じで、とても話しかけられるような状況に思えなかった。たぶん渉はああやってちゃんと〝仕事〟をしに来ているのだと思う。不真面目な印象を多少なりとも持っていたからか、そうやって仕事をする渉に少しだけ見入ってしまった。

「……」

今じゃないよね……。そう思い、足を文化祭実行委員の会議室の方に向ける。渉はさっき私の事に気付いていた。それなら終わった後にでも会いに来てくれるかもしれない。もしそうなったら何を話そう。愛莉がこの前のことを思い出して会いたがっていたこと。圭から聞いた面白い話。夏休みになってから、普段どんなことをしているのか——。

「——かわさん。夏川さん？」

「えっ？」

肩を叩かれてハッとする。呼びかけてきたのは二年生女子の先輩だった。何度も名前を呼んでいたのか、どこか心配そうに私の事を見ていた。

「今日は終わりだよ。熱中してたの？」

「あ……」

ぼうっとしていた事に気付いて慌てて目の前の書類を見る。今まで何をしていたのかあまり思い出せない。けれど、目の前を見ると何枚も書き込んだ書類が積み重なっていて……無意識に手を動かし続けていたようだった。おかしいな……ついさっき始めたばかりだったんだけど。

周囲を見渡すと、今日の活動を終えたのか帰ろうとしている人たちばかりだった。さらに見回すと、机の上に書類を広げているのはもう私くらいだった。隣を見ると、佐々木くんも先輩と同じような顔をして私を見ていた。

「横から見た感じ、区切り悪そうだったからさ。一応まだ声かけなかったんだけど……」

「あ、えっと……そうなんだ」

妙に恥ずかしくなり、手を早めて書類を片付ける。持ち帰る事はできないから、また次に再開しやすいように順番に重ねて先輩に渡した。目の前がすっきりすると、思ったより自分が疲れていることに気付いた。

「今日やんなきゃいけない分はもう確認とれてるからね。今日はありがと、お疲れ様」

「はい！　先輩もお疲れ様でした」

先輩が離れて行くのを見届けると、周りと同じように帰り支度を進める。時計を見ると、作業を始めてから一時間半ほどの時間が過ぎていた。そんなに経っていたんだと、自分の集中力に驚く。いや、集中力とは少し違ったのかもしれない。

「夏川はこれからどうするんだ？」

「え？　私は………ぁ」

「えっと……実はサッカー部の先輩から『今から来い』って連絡が来ててさ。さっきも言ったんだけど、良かったら観に――――ん？　電話？」

――帰る。そう言おうとして、さっきまで自分が何を考えていたのかが気になった。この委員会活動の後、何かをしようとしていて早く時間が経たないかとじれったく思っていた。それが何か、どうやったらこの胸のモヤモヤは晴れるのか、さらに考えて思い出そうとする。

「お、おう有希。どうかした――――」

『――――！　――――!?』

「うわっ!?　ちょ、落ち着けって。え？　いま誰と話してたかって……や、ちょっと待て。そもそもお前――――」

電話中の佐々木くんと一緒に廊下に出る。西日が傾いて直接日差しが廊下に注がれているからか、肌に纏わり付くようにムワッとした空気になっていた。それとは反対に、廊下に規則的に並ぶ窓の影が奇麗だった。そんな時、視線の先にある教室の名前が視界に入った。

〝風紀委員会〟。

「！　ごめんねっ、佐々木くん！」

瞬間、自分が何をしようとしていたのか思い出した。それがどんな内容だったかをたどって改めて気持ちを切り替えると、気が付けば早足で歩みを進めていた。

「あっ!?　おい夏川――あ、いやその有希、夏川ってのはだな――」

扉が半開きになっている風紀委員会の教室の中を覗くと三、四人の先輩が今まさに帰ろうとしているところだった。辺りを見回しても、その中に渉の姿はもう無い。それを実感すると心臓の鼓動が焦るように速まったのが分かった。

もしかして、もう帰った……？

〝じゃあ仕方ない、諦めよう〟。どうしてそれで済まされないのか、自分でもよくわからなかった。普通に家に帰って、また愛莉の居る家でいつもの日常に戻れば良いだろうと。そしてお母さんと一緒に買い物に行って、夜は何を食べようかなんて話して……そうやって、幸せな日々を紡いでいって――。

「……う……」

女子高生って、何だろう。

幸せだとしても、このまま何の変化も無い日常を過ごして行くのが何だか嫌に感じた。自分が想像していた高校生活はもっと賑やかだったはずだ。

声に出すのが恥ずかしい。何か言われたら怖い。そうなるくらいならただ日常に身を預けて愛する家族と一緒に時間が過ぎて行くのを待てば良い。そんなふうに待ち受ける幸せより前に、私の中で贅沢の過ぎる思いが膨らんだ。

〝寂しい〟。

昇降口へ続く階段を通り過ぎて他の棟に続く吹き抜けの通路に出る。そこから外を見渡すと、中庭と昇降口から校門に続く道が見えた。中庭には部活の見学を終えたらしい中学生たちが輪になって集まっていた。部活を終えた在校生たちと親しげに話している。ちょうど入れ替わりの時間だったんだろう、手前の昇降口の方は人気が感じられなかった。

「――――ぁ……！」

――いや、誰か居る。

カタンと、何かを床の簀子に放る音がここまで伝わって来た。聴き馴染んだ金属製のシューズボックスのふたを閉める音。そして昇降口から姿を現したその男の子は、ローファーのかかとをトントンと地面に触れさせ、学校のサブバッグを肩に引っ掛けながらのっそりと外に出て来た。西日で出来た影に隠れて、顔が判別しづらかった。

けれど、それは私が足を動かすのに十分な面影だった。

校舎内に引き返して階段の方へ向かう。目に映ったいくつかの教室は既に消灯されて施錠までされているようだった。風紀委員会の方もすっかり静まり返っている。

「……はっ……はっ…………」

階段を急いで駆け下りるなんていつ振りだろう、上履きがキュ、キュと音を立てて周囲に反響する。自分の行動をどこか客観的に見ながら、衝動のまま勝手に動く自分の身体に身を任せた。

昇降口に人は居なかった。さっきの影の持ち主がまだここに居るなんて思っていない。上履きのまま外に飛び出そうとする自分をグッと押し留め、急いでローファーに履き替える。

昇降口から飛び出したとき、目の前に広がる景色の中には誰も居なかった。あれからまだそんなに時間は経ってない。あの時に見た彼がもう学校を出てしまったとしてもまだ近くに居るはず。

「……はぁっ……はっ………！」

息が切れる。運動神経は自信がある方だけど、逸る気持ちが体力を上回って呼吸を乱れさせる。校庭に飛び出して左側にある売店と右側にある食堂、ここから見える校門の向こう側を見てさっきの影を捜す。

早足で進みながら右、左と首を動かしていると、ピロティーの向こう側にある中庭の方から視線を感じた。

「……」

鼓動の仕方が変わった。速さは変わらない。けれど、不思議と続かなかった息が急速に整い始めた。逸る気持ちはあれど、少しずつ自分が落ち着きを取り戻すのがわかった。

「……」

どうして言葉が出ないんだろう。久し振りに会って、ほんの少し顔を合わせただけなのに。頭は冷静なのに、何を話せばいいかわからないまま足を進める自分を上手くコントロールできない。近付くたびに、よくわからない感情が胸の内側から溢れ出す。

歩き方を忘れた。それでも歩く。もしかしたら変な歩き方になっているかもしれない。あまり見られたくない。それでも進まないと、あの驚いた顔の元に辿り着けない。

時間が長く感じる。

立ち上がろうとしたまま固まって変な姿勢になってこっちを見る渉に、私は散々悩んだ挙句、思い付いた言葉をそのまま投げ掛けた。

「――何やってるのよ」

「……こ、腰伸ばし？」

返って来た気の抜けるような言葉は、私の緊張を全て吹き飛ばしてくれた。

目の前に突然好きな人が現れたらどう反応すれば良いのだろう。嬉しいけど頭が真っ白になってしまう。気の利いた言葉なんて思い付くわけがないし、一秒にも満たない時間で何とか捻り出したのはカッコよさの欠片も感じない年寄り臭いものだった。

「ふふっ……何よそれ」

やだ可愛いじゃないの。

いや待て。中々俺に対して直接笑いかけてくれない夏川が笑った……？　天変地異の前触れですか。何かと俺に対してはカリカリとしてる手厳しい女神なイメージだったけど、ついにその微笑みが俺に向けられた……？　おいおい、もしかしてお迎えじゃねぇだろうな……働き過ぎたんじゃねぇの俺。

「いやほら、今日たくさん運んだからさ」

……待てよ？　もしかしてこれは最高の最期なんじゃねぇか？　頑張った後に夏川に看取られるんだぜ？　こんな幸せなことあるか？　おかしいなパトラッシュ……死ぬ間際な

のに力が漲って来るんだ。今なら閻魔大王にも勝てそう。待って、何で地獄に落ちてんの俺。

「うん……見てたから知ってる」

「あ、そうなんだ……え？」

いよいよかな？

機を窺ってたわけじゃねぇよな……え、冗談抜きで何でこんなに信じられないの俺。一度もこんな顔を向けられたことが無いからか。喜ぶ顔、楽しんでる顔、嬉しそうにする顔、そのどれもをよく知ってるけど、記憶の中にあるそれはほとんどが俺に向けられたものじゃなかった。こんなことは初めてだ。

話すには距離が開きすぎているのか、夏川は一歩、二歩と距離を詰めて来る。いやあの、ですね……嬉しいけど嬉しくないというか……心の準備ができてないと醜態をさらすだけと言いますか。あんまり近くに来られると神々しさのあまり俺の目が溶けて——え？

「いっぱい働いたんだ……汗のにおいがする」

「——!?」

鼻孔をくすぐる蠱惑の香り。頭の中が桃色のエキスで満たされる。眩暈を覚えるような感覚にふらりとしそうになるのを堪えて、何とか理性を繋ぎ止める。

俺の胸元にほんの少し縋るように顔を近付ける夏川。無意識なのか、ぺた、ぺたと俺の胸元に何度か手を添えると、一歩離れてにっこりと微笑んだ。いやちょっと待って、ゼロ距離から一歩離れても全然至近距離なんだけど。エグいエグいエグい。今夜眠れなくなっちゃうんだけど。やばいって。本気の本気で、どうすりゃ良いかわかんない。

「な、夏川」

「？　なに？」

え、何でそんな普通の感じなの？　俺に対するトゲはいずこへ？　自覚無しなの？　この夏休み前半で何があったの？

目の前で小首を傾げる夏川にいつもの俺に怒ってる様子はなく……よく見ると髪形は妙に乱れた様子で、ちょっと汗ばんで肌に張り付くとこが艶めかしく見えた。跳ねて浮いてしまっている髪が日差しを受けてキラキラと輝いている。少し息遣いも荒く、俺を見上げる夏川の息が直接顔に当たって何かもうどうにかなってしまいそうだった。

たじろぐ。慄く。立ち竦む。

後ろはベンチ、逃げ場は無い。久々に見た夏川は刺激が強すぎる。単に久々なだけ……？もしかして前からこんな事あった？　だとしたら俺が地獄に落ちるのも納得が行く。ごめんな、全国のDK。見たか、羨ましいだろ。死にそう。

「あの、ちょ、ちかっ」

「え？　あ……ご、ごめん」

やっと俺との異常な距離感に気付いたのか、夏川はもう一歩離れると特に気にする様子も無くにっこりと俺に微笑んだ。俺の心臓が馬鹿になってるのがわかる。幸せなあまり寿命が延びるものの、血圧が高くなりすぎて寿命が縮んだのがわかった。よくわからないけど、今の夏川は全身がウキウキしてるように見えた。

「えっと……何か、嬉しい事でもあったのか？」

「え？」

「や、何かその、雰囲気が柔らかいというか……何ていうかこう、気持ち良い感じの顔してるから」

「え⁉」

言い方がマズかったわ。言われて動揺したのか、夏川は自分の顔をペタペタと触り始めた。可愛いかよ……天然さんですか？　結婚したい。

あ、ヤバいヤバい。危ない、夏川が魅力的過ぎて思わずプロポーズするところだった。給料三か月分まだもらってないから指輪買えねぇや。いやそんな問題じゃなくね？　馬鹿なの俺。バイトで稼いだ金じゃ三か月じゃ足りないって。二年分は必要だから。何なら夏川のためなら銀行で金借りてもっと出すから――いやだからそーゆー問題じゃねぇんだよぉッ……！　いい加減にしろよ俺ッ……！

な、夏川さん？　機嫌が良い理由が分かりました？　俺と関係なく今日は機嫌が良いってだけだよね？　教えて、夏川が女神な理由（哲学）

「わ、渉がいつも通りで安心しちゃっただけだからっ」

君は俺をどうしたいんだい？

え、俺がいつも通りだと安心するタイプ？　奇遇じゃん、俺も夏川がいつも通りだと安心するタイプ。だから全然安心できない。気でも触れたか、それとも単に夏川が女神なだけか。圧倒的女神ですね、現場からは以上です。

「そ、そうかい……それで、どうしたんだ？　何か急いで出て来たみたいだけど」

「えっ……そ、それはそのっ、えっと……」

「……？」

訊き返すとしどろもどろになりだす夏川。手を忙しなく動かして、顔色を窺うようにたびたび見上げて来る。答えを急かすのは野暮、女神様のお言葉を一語一句聞き逃さない俺がそんなことをするわけが無い。そう、これは託宣。矮小なわたくしめが女神様のいかなるご要望にも応えてしんぜよう。

「――――ると……から」

「え？」

「わ、渉とまだ話せてなかったからっ！」

俺、息してる？　※してる
え、何その可愛らしい理由……もしかして急いで外に出て来たのって俺を捜してたから……？　そんな事ってあんの？　佐々木と話してた方が良かったりするんじゃないの……？　そこまでして俺と話したがるって何？　もしかしてなりふり構ってらんない理由でも有ったりすんの……？

「えっと……そりゃまた何で」

「な、何でって……逆に何で話さないのよっ」

え、何で……？　話さないと礼儀的な何かを欠いちゃう感じ？　俺的には気を遣って話しかけなかったつもりなんだけどな……佐々木にしてもそうだし、夏川の今後的な意味でもその方が良い気がしたんだけど。や、まあ俺の感情は置いといてさ。

「せ、せっかく久し振りに会ったのにっ……さみしいじゃない……」

「可愛いかよ」

「も、もうっ……！　そういうとこ！」

思わず心の声が出てしまった。仕方ないじゃん、夏川が可愛すぎてもう色んなもんが溢れてんだよ。だから夏川。そんなまるで俺のせいみたいな顔して頬を膨らませるんじゃ——え、〝頬を膨らませ〟？　ちょっと待てよ何だよその可愛い顔ッ……！　ホントいい加減にしろよ！　マジで婚約指輪買ってきてプロポーズすっぞ⁉　ええんか⁉　銀行からお金借りてウン十万のやつ持ってきちゃうぞ……!!

……お、落ち着け俺。夏川が可愛いのは今に始まったことじゃない。今日も可愛いんだ。ゲームで考えろ。可愛さ99のやつがもっと可愛くなっても99は上限値だからこれ以上増えねぇだろ。それと同じ。結論、夏川はいつも可愛い。はい冷静。

「いや悪かったよ夏川。中々暇が無くてさ」

「し、知ってる」

「……っ……………」

や、ホントもう限界なんですけど？

心とかそういう問題じゃない。夏川の可愛さに俺の全身が軋んで悲鳴を上げてる。明日は筋肉痛かな？　夏川の可愛さでマッチョになっちゃうよ……。

お腹いっぱいな気持ちで眩暈を覚えていると、俺の中で何かが一周回ったのか逆に冷静になれた。

「——そうだな。久し振り、夏川」

「う、うん……久し振り」

ちょっと落ち着いて言うと、夏川はちょっとくすぐったそうに笑った。そうやって嬉しそうにされる事にまだ現実味が湧かない。俺と話せて……嬉しいん、だよな……？　わからない。これが女心なのか夏川だからなのか。言える事があるとすれば今俺はすっげぇ幸せだという事だ。おっかしいな……前はこの笑顔を向けてもらうためにめっちゃ努力してたのに。何でそれが〝今〟なんだろう。理想の関係性とは言えないんだけどな。

だからこそかもしれない。夏川が〝そういう感情〟をとことん抜きにして俺と関わって行くつもりなら、俺ももしかしたら夏川に対する熱を帯びた想いなんて忘れていつかは友人として――――え？

「……」

「……」

ふいにまた近寄ってきた夏川。すぐ目の前まで来ると、そっと腕を伸ばして俺の袖を摘まんだ。

至近距離から見上げられる眼差しはどこか不安そうで……そして、何かを期待するような真っ直ぐさがあった。手を伸ばせば簡単にその髪に触れられそうで、少し顔を近付ければ簡単にキスできてしまいそうだった。

……無理じゃね？

「その……夏川」

頭の中に鳴り響いていた非常事態発生コールが鳴りを強めた。そんな壊れかけの俺をかろうじて繋ぎ止めたのは、前に芦田がファミレスの帰りにくれた助言だった。

〝どんな相手だろうと、自分を好いてくれる誰かが居るのは嬉しい〟。

そうだ、これはなにも俺に限った話じゃないんだ。夏川にとっちゃ、自分を好いてくれるなら誰でもいい。今ここにいる知り合いが俺じゃなかったとしても、同じことが起こってたかもしれない。そう考えると、何だか勇気が湧いてきた。

嫌がられるかもしれない。振り払われるかもしれない。そんな恐れを抱きながらも、袖を摘まれた方の手で夏川の肩にそっと手を置いてみる。

抵抗はなかった。

この距離はまずいと、そっと夏川の手を引かせようとする。それでも夏川は俺の袖を摘んだままで、俺の勝手な解釈だと絶対離すまいと言っているようだった。男の醜さか、まるで今この瞬間だけは夏川が俺のものになったように思えた。平静を装って、生えかけた邪念と止まらない熱情を抑えつけるようにして言葉を絞り出す。

「夏川……どっかで話すか」

「！　う、うん！」

パァッ、と表情を変えて離れる夏川。眩しい笑顔を見れた嬉しさと強烈な名残惜しさが襲って来た。頭では〝ダメだ〟と分かっていても、やっぱり俺の中には夏川を求める欲求が根強く残っている。どっちが強いとかそういう話じゃない、頭の中で互いに混ざり合ってごちゃごちゃに絡まっている。

「あっれー？　愛ちにさじょっちじゃん！」

「お……」

「あ……！」

駄目になりそうになって来た瞬間、割って入って来た声。俺や夏川をそんな呼び方する人間は一人しかいない。二人して立ち止まって声の方を見る。数週間ぶりに見えたその顔を見て、正直助かったと思った。

その人物——芦田は、部活終わりなのかでかいスポーツバッグを背負って制服姿で歩いて来た。

「け、圭っ……！」

「わわっ、どったの愛ち⁉　ちょ、今けっこー汗臭いから！」

夏川は芦田に駆け寄ると跳び付くように抱き着く。急な抱擁を受けて芦田は目を瞬かせている。芦田は汗をかいた後らしく気にしてるようだ。でも、どうやら夏川にはお構いなしらしい。

二人をよそに、先ほど夏川が摘まんだ袖に触る。意識するまでもなく、まだ俺の目の前には甘い香りが漂っていた。

脳みそが溶かされ、魂が抜けるように、ベンチに腰を落とすしかなかった。

「やーもー！　びっくりしちゃったよ、いきなり飛び付いてくんだもん！」

「ご、ごめんなさい……つい」

「えへへっ！　気にしないで良いよあーいちっ！」

夕方前の中庭。また日が傾いて、西と南の校舎を繋ぐ二階の通路が良い感じに日陰を生み出した。建物と建物の隙間を縫ってやって来た南風がそよ風に変わり、清涼感を持って優しく頬を撫でて来る。自販機からペットボトルのアイスティーを二つ、それからスポーツドリンクを買って、ベンチで桃色オーラを爆発させている夏川と芦田の元に向かう。こんなに近付き難いことあるかね？

「――――ほい、召し上がれ」

「どうもー！」

「あ、ありがと……」

夏川からそれはそれは熱い抱擁を受けたのがあまりに嬉しかったのか、芦田はニマニマしながら夏川の体に腕を回して撫でくりまわしている。ベンチに座ってる今ならまだ良いけど、さっきまでのはちょっとヤバかった。まだ中学生も居る場所で女子高生二人が体を擦り合わせるように抱き合うってやべぇから。

場所が場所なら眺め続けてたけども……どう見ても教育に宜しくない光景だったからもう賢者になったつもりで佐城ストップをかけた。精神力が著しく低下、夏川の恥ずかしがってる顔で何とか持ち直す。

「芦田も久し振り。毎日部活してんの？」

「んーん、毎日部活って事は無いけど、バレー部は色んな大会があるからね！　忙しいのは確かかな！」

「そうか、なんか超元気だな」

「うんっ！」

元気過ぎない？　今にもその辺を走り回りそうじゃん。相変わらず芦田は芦田というか……頭ん中の面倒くさいもんをいったん吹っ飛ばしてくれるよな。でもね、その夏川を撫でまくる手を止めてくれないと俺の邪な感情が止まってくれないの。

「三年だけが来れば良い日に、まさか一年の三人が集まるなんてな。そんな――うん？」

小休止するように喋ってると、夏川が俺の制服の弛んだ部分を引いてきた。うん……その仕草好きですね……。ちょい、ちょいとされる度に俺の心臓止まりかけるんだけど。他意は無いとはいえあんまりそこかしらの男にやっちゃいけませんよ。いいね⁉

「ねぇ……座らないの？」

「え」

汗臭い男に対して女子二人のこの花園に飛び込めと申すか。ちょっとハードル高くないですか？　誘っておいて後で心の中で「やっべコイツ汗臭いんだけど」なんて思われたら凄い嫌なんだけど。え、芦田も汗臭いんじゃないかって？　まあ？　俺は望むところですけど？

「ほら、ここ」

「お、おう」

夏川がぎゅっと右側の芦田の方に詰め、芦田がデレデレした顔で喜んでベンチのスペースが空いた。いい加減羨ましくなって来た。いつまでもいちゃいちゃしやがってッ……どっちもそこ代われよッ……どっちも俺になっちゃうじゃない……。

「……」

「わ、わかったわかった」

魅惑的な光景に思わず固まったままでいると、夏川が芦田に向けてた目をこっちに向けてじっと見て来た。俺の中にあるほんのわずかなジェントルフォースがゴリゴリと削られて行く。もう、良いかな……？　ゴール決めちゃって良いかな……？

それでも下心満載で向かうわけには行かず……「えいやっ」と気合を入れて夏川の左側に座った。ただの親切にしては念押し感が強い気がしたけど……夏川がそう言うのなら言う通りにするしかない。いやぁでも、これ自分から座る度胸は無かったな……やっぱ夏川侮れねぇわ。一生信仰していく。バチカン市国に売り込むわ。

右を見る——当然だよね、話す相手が右側にしか居ないんだもの。でもそこには夏川。圧倒的夏川。俺もう身動き取れねぇよどうすりゃ良いの。何でこんなタイミングに限ってそんな満足そうな顔すんだよ……もうどうにかなっちまいそうだよ……。

——い、いや落ち着け俺っ……そのために俺も自分の飲み物を買ったんだ。会話に困った時はコイツを挟んで頭を切り替える。さぁ今こそ蓋を開ける時——あれ、ちょっと固いな……。

「あ、お金……」

「……え？　ああ良いよ良いよ、飲みもんくらい。三日後にバイト代出るから気にすんな——……お、開いた」

「え？　アルバイト……？」

「ん？　うん」

百合百合しい空気を止めて、くりんとこっちに顔を向けた夏川は少し驚いたように目を見開いて問いかけて来た。夏川には中学の頃バイトしてたのを内緒にしてたからな。俺が働くなんて意外に感じると思う。何ならこの前お袋からも言われたわ。

「夏休みに入ってから始めたの？」

「うん」

「……私、そんなの知らない」

「え？」

え、そりゃ知らないんじゃね？　たぶん誰にも言ってないし。バイト先に冷やかしに来られるのは勘弁だからな。メッセージのグループじゃまず言うわけにはいかない。あと学校には黙だし、バイトが禁止かどうかなんて知らないけどなるべく知られない方が良い気がする。

「あたしとは個チャでは話したよね」

「あん？　いつ？」

「てめーが火に油注いだ日だよ」

「あらやだっ」

そんな事ありましたわね、全くっ……嫌な事件だったわっ。

全体に詫び入れる約束させられてやっとまたグループに戻れたんだった……あの後の女子数人の言葉の強さときたらもう……うぅ、飯星さんが一瞬で敵に回ったのマジで怖かった……。

「何で始めたの……？」

「え？　そりゃまぁ……うん………社会経験？」

まさか遊ぶ金欲しさに始めたなんて正直に言えまい。この距離で冷たい目で見られたら俺死んじゃうから。ここは学生らしい無難な回答で逃れる事にしよう。これでどうですか、夏川先生。

「…………嘘ね」

やだバレてる。死にそう。

「………」

「や、あの……」

ジトッとした目で見てくる夏川。気まずさ六割、興奮四割。中々見ることの無い夏川の表情に俺のテンション爆上がり。あと八時間は見ていたい。でも真っ直ぐ目を合わされると弱い。こんなに夏川にまっすぐ見られた事が今までに有っただろうか。

「あ！　そうださじょっち！　知り合った大学生のお姉さんってどんな人なのさ！」

「ドクターストップかかってるんでちょっと」

「さじょっち！　飲み物奢(おご)ってくれてありがとね！　それで大学生のお姉さんってどんな人なの？」

なに……はぐらかせないだと？　これはＲＰＧによく見られる無限ループというやつか……？　もうこの罪から逃れることはできないって言うのかよ……！

や、まあ別に隠す事でも何でもないいんだけどさ。

「それって、渉がグループで言ってた……？」

「そうだよ！　さじょっちがそんな人と知り合えるはずないじゃんねっ」

「え、でも、アルバイトって……」

「……あ！」

おっと空気が変わってきたぞ？

さすが名探偵(めいたんてい)夏川、慧眼(けいがん)。そう、大学生のお姉さんこと笹木(ささき)さんに出会ったのはある日のバイト帰り……てか出勤初日の帰りだった。あんな些細(ささい)ないざこざで知り合えるなんて思ってもみなかったけどな。

「……」

「……」

　ジトッと見てくる二人。女子二人にそんな目で見られるとか、むしろちょっと興奮する。もう吹っ切れた。そう、俺はシンプルに変態だったんだ。シンプルな変態って何だよ……。

「はっはっは。いやぁ、はっはっはうぐっ……」

　もうちょい誤魔化そうと曖昧な作り笑いをしてると、夏川が後頭部を掻く俺の右腕を掴んでグイッと引っ張って目を合わせて来た。予想だにしていなかった夏川との接触に怯んでしまう。

や、ホントに夏川さん今日どうしたの？　接触多くない？　頭真っ白になっちゃうんだけど。これからもどうぞ宜しくお願いします。

「――どんな人なの？」

「ウッス」

　誤魔化せないっすわ。もうそんなことするほど体力残ってねぇし。まさか夏川にここまで意識を向けられる日が来るなんて思ってもみなかったぜ……でも夏川が望むならそれに応える事こそが俺の本望。そして思い知ると良い、大人の魅力の塊たる笹木さんの魅力というものを。

「始まりは、バイトの帰りだった――」

「あれ、何か始まったよ？」

「……」

◆

バイト初日のいざこざを始め笹木さんとの出会いをサラッと説明。それから笹木さんに癒された目眩く日常を事細かに語り、物腰の柔らかさと圧倒的な包容力をそれはそれは細かな比喩表現を混じえて説明する。そんなある日の夕時。

正直自分でも熱の入り方にドン引きする。

「嘘だよ。そんな人居ないから」

なんでぇ？

「いやちょっと待て。それは美人と出会ったのが俺だったから想像しにくかっただけだ。ここは一つ、俺をイケメン化させて考えてはくれないだろうか」

「困難」

「芦田ァ！」

お前ぇ！　ちょっと頭ん中の俺を美化させる事くらいできんだろチクショウめ！　何で

学力はそこそこなクセにこんな時だけしっかりした言葉使いやがんだ！　お前に単語キャラは似合わねぇぞ！

「……その人と、どこか遊びに行ったの？」

「う、いや、そ、それは……いやほら、毎日が遊びみたいなもんだから」

「アルバイト中でしょ」

夏川氏、鋭い切り込み。ちくしょう、俺にとっての笹木さんを事細かく生々しく説明したってのに存在を証明できる思い出があんまり無い。目眩くなんて言った割りに熱い出来事はあんま無かったからなぁ。今度カラオケでも誘ってみようかな……あ、でも勉強の邪魔しちゃ悪いな。

「いやとにかくこうっ……スッゴい大人びた人なんだよ。今までに出会ったことの無いタイプの美人というか。もうほら……惚れ惚れしちゃうタイプの！」

「……」

「……」

……ハズしちゃった？　二人して黙っちゃったんだけどどうしましょうかしら。二人ともそんな納得行かなそうな顔する？　そんなに笹木さんの存在が信じられねぇかな……俺の説明の仕方が悪いのか？　芦田とかアゴ突き出してメンチ切って来るし……もうお前ヤンキーじゃねぇか。おいコラ夏川の背中越しに中指立ててんじゃねぇぞ。ずるいぞ。

「……へんっ、そんな人が居るなら是非ともお会いしたいものだね！」

「いや、んな事言ったってお前らと会わす機会なんて……どっかに似た人――うちの学校に美人教師とか居たっけな」

「何考えてるの……」

「夏川とは美人の系統が違うんだよ」

「べ、別に美人なんかじゃないわよ……」

「おふ」

弱く俺の肩を押し出す夏川。え？　怒った？　にしては優しい攻撃だったな。押し出すってかもはや俺にとっちゃ蠱惑的なボディータッチだったよね。思わず心の中でテンションぶち上がってる俺何なの？

「騙されちゃいけないよ愛ち！　こんな事言ってるけどさじょっちは美人さんなら誰でも良いんだ！」

「おいなんて事言いやがる！　雰囲気可愛い系まで許せるわ！」

「あー！　本性出したよ愛ち！　火炙りの刑だ！　火炙りにかけないと！」

「重罰過ぎんだろ！」

芦田、隙あらば俺の株を下げようとして来やがる……前も言ったかもだけど人並みを自称する奴を人並み以下に扱うのは残酷なんだぞ！　人並みにクズだけど許せない部分だってあるんだよ！　良いじゃない、可愛い子が好きでも！

「俺の事はともかく！　笹木さんはマジで大和撫子だから。もうね、絶滅危惧種」

「信じない」

「何でやぁ!?」

「そんな人居るわけないでしょ！　目ぇ覚ましなよさじょっち！　こっちが悲しくなって来たよ馬鹿じゃないの！」

「馬鹿じゃねぇ！　馬鹿って言った方が馬鹿だかんなっ——あ！　ほら見ろよあのグラウンド側から上がって来た人！　あの人なんかマジでそっくりだかんな！　ほんと芦田とは比較にならない」

「美白浜女子中のコじゃん！　中学生の女の子指差して何言ってんのさ！」

あぁん!?　中学生だ!?　この際年齢なんかどうでも良いんだよ！　笹木さんという存在を認めてもらうまではいかなる対価を支払ってでも納得させてみせるぞ！　もう顔の造形まで細かく説明をだね……！

「ちょ、ちょっと……声が大き過ぎるんじゃ——」

『――……ょうさーん』

「え？」

「ん……？」

遠くから聞き覚えのある声が届いた気がした。笹木さんの事を考え過ぎたのか、まるでそれが本人そのものの声のように聴（き）こえた。まさかとは思いつつ、周囲に目を彷徨（さまよ）わせてそれらしい姿を探す。でも、どんなに目をやっても最終的にはある方向に行き着いてしまった。

『――……じょうさーん』

「……………あの中学生の子、渉の事呼んでない？」

「えっ、いや、中学生の知り合いとか俺には居ないはず、なんだけど……」

「でもねぇさじょっち？　こっちに来てるあのコ……すっごい大人っぽいと思わない？」

「そ、そうだネ……今時のＪＣマジぱねぇよな……」

あれれ……おっかしいなちょっと似すぎじゃない？　顔が似てんのかな？　きっとあのタイプの顔は大人っぽいんだって笹木さんから刷り込まれちゃったんだな。そうだよそうに決まってる……！　今時の女子中学生って大人っぽいって言うもんな！　朝のニュースで特集やってたもん！

だからきっと、瓜二つのそっくりさんなんだよね！

『――――佐城さ～ん！』

「…………」

「…………」

「…………」

笹木さん……？　コスプレですか？

◆

「佐城さんっ、三年生の先輩方だけと聞いて、今日はもうお会いできないかと思いましたっ」

「…………」

「……」

「……」

顎が外れそうになった。

口を閉ざせない。言葉が出てこない。それほど受け入れ難い事実が目の前に在った。薄桃色のラインの入った夏物のセーラー服に身を包んだ彼女は、座ってる俺の左側まで来ると、手を取って引き寄せ、中学生らしくきゃっきゃきゃっきゃと飛び跳ね始めた。その度に目線の少し上にあるものが激しく上下に揺れる。

もう、下心とか抜きに呆然とただそれを眺めてた。

「会えたっ、会えました！」

「あ、い、いや、あの……」

「わぁ、制服姿の佐城さんですっ。初めて見ましたっ」

「そ、そっすか……」

夢か？　夢だな？　夢だったんだな？　そうだそうに違いない。どうりで今日は周囲が俺に優しいと思ったんだよ芦田を除いて。夢の中でまで俺に手厳しいこいつマジ何なの？　真夜中に暇メッセージ鬼のように送ってやろうかこの女……。

「わたる……？」

「あひっ」

「変な声出さないでよ……」

夏川さん⁉　ここ学校のど真ん中よどういうおつもり⁉　突然耳元で囁かれたら反応しちゃうじゃない！　我ながら気持ち悪い声が出たわ！　そういうのは二人っきりの時にち

よっと待って、多分、それ俺耐えられねぇわ……。

「……もしかして、さっき言ってたのって」

「あ、あれぇ？　俺そんな事言ったっけ……？」

「……」

え、何そのムッとした顔……可愛い。

心なしか少し頬が膨らんでる。どことなく愛莉ちゃんの面影を思わせるような仕草だった。俺の脳内カメラがフラッシュを死ぬほど焚いている。現像しなきゃっ……！

「佐城さん……？」

「ハッ……！」

変態解放を発動しかけた瞬間、目の前の中学生に名前を呼ばれて我を取り戻す。危ねぇ……！　もう少しでこの場の女子全員に痴態を晒すとこだった！　ちょっと手遅れな気がするけど！

「あーえっとその笹木さん、奇遇ですね。まさかここでお会い出来ると思いませんでした……」

「私の憧れの高校ですから。佐城さんに会いたいと思ってたんです」

「ぐふぅ……そ、そうですかそうですか！　そういえば訊いてませんでしたけど、笹木さんの学校はどちらで……？」

「……あ！　そういえばまだ言ってませんでしたね！」

頼む……！　コスプレ！　もう自惚れでも良いから母性が働いて俺に会いたいあまりコスプレしてまでこの高校に乗り込んでしまったってのがベスト！　お願いそうであって……！　願望！　それこそ男の欲望！

「――美白浜女子中学校三年の笹木風香です。あれ？　もしかしてちゃんと名乗ったのも初めてです……？」

最近のＪＣマジぱねぇ。

◆

俺の知る笹木さんはあまり興奮を見せず常にお淑やかなイメージだった。時々きゃっきゃとする雰囲気を見せて俺を悶々とさせてたけど、それはあくまで〝雰囲気〟であって無邪気な少女のように飛び跳ねてはしゃぐ様なタイプじゃないと思ってた。

それがこの喜びよう……光栄過ぎて一生仕えたいレベル。年上と思ってたからこそ大人っぽいだの何だの軽口を叩けたんだけど、まさかそんなレベルの笹木さんが中学生だった

なんて誰が思うかね……ふざけたこと言えねぇよやべぇよ……。

グッと寄って来た笹木さん。何処と無く久しぶりに飼い主と再会したペットの犬を思わせる。座ったまま無防備で居たらそのうちペロッと舐められるんじゃないかという勢いだった。そうじゃなかったとしても横の二人を尻目にされるがままなのは何かマズい気がしたから、立ち上がって笹木さんを出迎える。

「え、えっと……驚きました、中学生だったんですね。具体的な年齢の事は聞かなかったんでもっと大人の方かと」

「もうっ、だから言ったじゃないですか。私はついこの間まで小さな子供だったって――いえ、佐城さん方に比べたらまだまだ子供なのかもしれませんけど……」

「いや、んな事ありませんよ。現に勘違いしてましたから。大人っぽ過ぎて全く中学生とは思わなかったです」

「ふふ……そうですか?」

うっ……中学生なんだと思うと急に笹木さんが背伸びしてる少女に見えてきた。何ならその少女っぽい仕草にギャップを感じてたんだけど、何なら年相応だったって事か……うわぁ、一喜一憂してたよ俺。年上だし、どうせまだガキな男子高校生だって思われてるつもりだったからぺらぺらと口説くようなセリフ吐いてたんだけど。ヤバくね?

「この学校に来たという事は、笹木さんは此処を受験するんですか？」

「はい、鴻越高校は街の治安も含めて評判の良い所ですから。父が推してる高校でもあるんです。それに……」

「それに？」

「――それに、佐城さんが良いところをいっぱい教えてくれましたから」

「……」

なに俺今日死ぬの？

俺が見本になったって事？　マジかよ光太君の件以外で良い事なんてした覚えがねぇよ。古本売りつけたくらい？　どのタイミングでそんな事教えたっけ……まあ魅力に感じてくれたんなら有難い話だけどさ。

「うぅ……できれば佐城さんにご案内して頂きたかったです……」

「もう一通り回っちゃった感じですか」

「回っちゃった感じです……」

時間は夕方になりかけ。過保護な笹木家はきっと門限も早いに違いない。流石にこれから校内を連れ回すなんて無理な話か。

「鴻越高校はどうでしたか？」

「はいっ。今日回って、改めて此処に入りたいと強く思いました。絶対合格してみせます……！」

「じゃあ笹木さんは俺の後輩になるわけですか……何だか実感が湧かなそうですね。低く見積もって同い年かもと思っていたので」

ホントは低いどころか女子大生だと思ってたけどな。

「ええっ？　そうだったんですか？　それなら、今のうちに練習しとかないとですね」

「え、練習……？」

俺の言葉に驚いた様子の笹木さんは意気込むようにグッと拳を握って、少し悪いことを思い付いたような顔で俺を見た。何故か良い予感しかしない、これ以上俺の運を削らないで……今年の残りどう過ごせば良いの？　車に轢かれたりしない？

「――――これからも宜しくお願いしますね、佐城〝先輩〟」

「ふぐっ……」

やばい泣きそう。

〝先輩〟……か。新鮮な響きだ。中学時代は俺の事を先輩なんて呼んでくれる後輩が居なかったからな。ちょっと感動してしまった。世の中にはこんな素晴らしい呼び方があったんですね。慕ってくれる後輩ができたらマジで大事にしよう。頼りにされたら全力でそれに応えねば。

「はい、宜しくお願いします。笹木さん」

「うう、違いますよぉ先輩」

「えっ」

「『おう、これからも宜しくな。風香』、です！」

「…………恋愛小説読みました？」

「そぉなんですよぉ——あっ⁉　バ、バレました！」

馬鹿言っちゃいけねぇぜ嬢ちゃん。

後輩とはいえこのレベルの女子をいきなり名前で呼ぶのはレベルが高ぇんだぜ。夏川を名字呼びにしたのだって彼氏面どうこうの話だけじゃなくて〝恐れ多い〟ってのもあるんだ。笹木さんが共学に入ったらクラスの男子のほとんどを勘違いさせそうだな……。

「あの、それで佐城さ——先輩。そちらの方々は？」

「おっと、そうだった」

俺も機を窺ってたけど、中々タイミングが無くて冷や汗びっしょりだった。今日俺汗かきすぎじゃね？　何でこんなときに限って女子たちと一緒に居んの？　大丈夫マジで臭わない？

オーケー俺、自分を信じろ。ヘマをしたって良いじゃない、元々こんなに女子と接する方がおかしいんだっつの。そう軽い気持ち。もっと軽い気持ちで行こう。嫌われる事を恐れるな！　俺のキョドる姿なんて芦田と夏川は見慣れて――

「……ひぇ」

チラッと夏川たちの方を見てビクンと肩が上下する。芦田は珍獣でも見てるかのような目で、夏川は何かちょっと気まずそうにしてチラチラとこっちを見ていた。どちらにせよ二人とも何か言いたそうだ。視線が針のように痛い。

「え、えと……二人はクラスメイトの――」

『あー!?　あんな所に居たー！』

「……あ！」

やりづらい雰囲気で二人を紹介しようとした瞬間、昇降口の方から聞こえた大きな声に遮られた。口を止めた瞬間、笹木さんが何かを思い出したように口元に手をやる。声のした方を見ると、美白浜女子中の制服を着た少女三人がこっちに走って来ていた。

いややっぱ笹木さん大人っぽいわ。あの三人とかもういかにも女子中学生って感じだし。ザ・少女。普通あんな感じだよな。全然垢抜けてないのがよく伝わって来る。俺も大人になったということか……ふっ、ガキだった頃の自分が懐かしいぜ……。

「もー！　急に居なくなって捜したんだからね！」

「ご、ごめんなさい！　佐城さんの声が聴こえた気がしたから……！」

「え⁉　佐城さんって、〝あの〟佐城さん⁉」

え、どの佐城さんですか？

学校で俺について話してるって事？　マジかよ急に恥ずかしくなって来た。ただ調子に乗ったキザな奴じゃん。ま、待てよ……？　俺もしかして陰で笑われてたんじゃ……？　嫌だぞそんなのマジで。二日くらい引きこもっちゃうからホントに。

「あの喋り下手な風香ちゃんに丁寧語教えた佐城さん⁉」

「少女漫画の世界拗らせた風香に現実を教えた佐城さん⁉」

「ど天然な風香に常識教えたあの佐城さん⁉」

――どちらの佐城さんですか？

え、それ俺かな……確かに少し世間知らず感はあったけど極めてお淑やかな女性に見えてたけどな。終始丁寧な言葉遣いで口下手なイメージなんて無いし……確かに少女漫画の世界観が好きそうな感じではあるけど。

「ちち違うよ！　私は拗らせてなんかないしど天然なんかじゃないもん！」

あれぇ笹木さん……？　何か雰囲気全然違くないですか？

これは……もしかして笹木さん、ワザと丁寧な口調で話してたってこと？　いやまぁそうか、相手が高校生なら普通中学生は敬語使おうとするか。そもそも中学生って事がまだちょっと信じられない。今やっと現実感湧いてきたとこだわ。

……ひぇ、一斉にこっち見て来た。

「あ、あれ……茶髪だ」

「茶髪だよ美和ちゃん……」

「ホントだ茶髪だ……」

茶髪だから何なの……って、え？　茶髪？　この前黒に染めたんだけど……ちょっと色落ちしちゃった感じ？　日に当たって茶色に見えんのかな？　地毛は確かに茶色っ気あるけど……。

「あ、あの！」

「あ、はい」

「貴方が佐城さん――佐城先輩ですか⁉」

「はい、そうですが……」

笹木さんの流れで三人にも畏まってしまう。でもそれが功を奏したか、三人は茶髪に少し怯えた様子だったけど拍子抜けしたように顔を見合わせた。何気に先輩呼びがかなり嬉しかったりする。

「あれ……敬語だ」

「低姿勢だよ美和ちゃん……」

「茶髪なのに……」

そこ重要かい？　茶髪に偏見持ち過ぎじゃないかね？　確かに中学生には縁の無い話かもしんないけどさ。まぁ実際俺も高校入るまでは茶髪のやつ全員不良だと思ってたわ。

「ささ三人ともっ……！　今日は日も暮れかけているしそろそろお暇しませんか！　佐城さんもそう思いますよね⁉」

「え？　ん、まぁ……そうですね。あまり遅いと親御さんが心配するかもしれませんし。暗くなる前に帰った方が良いんじゃないですかね」

「ですよね！　そうですよねっ！　佐城さんもこう言ってますし！　今日のところは失礼しよ三人とも！」

「えっ、ええええっ⁉　ちょっ、ちょっと風香ちゃん⁉」

「もう何よ～！」

「あっ⁉　ちょ、ちょっと待ってよ三人とも！」

凄く慌てた様子で三人の内の二人の背中を押して行く笹木さん。俺たちにぺこぺこと頭を下げながら校門の方へと遠ざかって行く。思ったより騒がしい時間だったのか、笹木さんたちが去ると辺りは急に静かになった。後ろを振り向けない。今世界で一番気まずい自信あるわマジで。

右手が冷たい。雫を滴らせてビショビショになっているペットボトルが赤石の床に染みを作っている。喉が渇いてる訳でも無いのに、場をつなぐようにキャップを開ける音を強調させてアイスティーを喉に流し込んだ。

こんなに味しないことあるかね。

「……俺たちも帰るか」

「……」

「……」

「……?」

　笹木さんたちが去ると辺りは静けさを取り戻した。何だか嵐が過ぎ去った後のような感覚がする。同時に一日の疲れがドッと押し寄せてきたような気がして早くベッドで寝たい気持ちになった。だから帰る提案をしたんだけど、何故か二人のどちらも返事をしてくれなかった。

「あの――ひぃん」

　不思議に思って振り返ると、夏川と芦田が半目になって此方を見ていた。喉の奥でヒュッと音がなる。圧が凄い、これは何か良くない予感がする。

「………女子大生、ねー」

「あ、いやその、それは俺の勘違いだったっていうか」

「どーだか」

プイッ、と芦田にそっぽを向かれた。くそ恥ずかしい勘違いが二人にバレたのは言うまでもない。もはや何か言葉を口にするだけでどんどん立場が悪くなって行く気がして何も言い返せなかった。

場を収めるためには空気を変えるしかない。ここは早急に戦略的撤退を図るべき……！

「――あれ？」

帰る準備をしようとしたものの、ベンチに置いてあったはずの俺のバッグが無い。あの中には財布も入っているし無くなられたら困る。緊急事態に恥ずかしさなんて忘れて慌ててしまった。

「な、夏川！　ここに置いてた俺のバッグ知ら――え？」

慌てる俺を夏川は相変わらず半目で見上げている。そんな夏川の姿はさっきと比べて少し変わっていた。視線の先、スカートから顔出す白い太ももの上に、奴は鎮座していた。

〝私は愛莉ちゃんですよ〟と言いたげに夏川の膝の上で抱きかかえられている俺のバッグ。聖域すぎて手が出せない。おいそれは反則だぞ夏川。そしてバッグ、お前はそこ代われ。

「はい、これ」

ジト…

「お、おう」

「……」

「………あの」

スッ、普通に差し出された。受け取ろうと俺も手を伸ばして掴む。でもおかしいな？　夏川さんったら、全然手を離してくれないの。やだ、力強い。

え、どういう事？　これはあれか？　揶揄われているのか？　奪えるもんなら奪い取ってみろっていう意思表示ですか？　いやでも全然そんな感じの顔じゃないんですけど……何でそんな納得いってないような顔で見上げて来るん？

「――女子大生、ね」

「コヒュッ………」

芦田と同じセリフ。そのはずなのに攻撃力が全く違う気がする。一撃でメンタル削られた。心臓の三分の二を持ってかれたんじゃねぇかってくらい胸がグワッとなった。

「………ばか」

俺はバカなんだと、素直に頷いて認めるしかなかった。

◆

芦田の鶴の一声。〝じゃあ帰ろっか〟の言葉で夏川も立ち上がった。そのまま仲良さげな二人の後ろを付いて行くこと二十分。謎の吊るし上げをくらっているような気分のまま俺は背後霊と化した。もうね、ただの変態です。

「あたしはここかな」

校門から少し歩いた先の分かれ道。芦田は別のルートで帰るらしい。そういえば芦田、前に夏川と家が反対なのを愚痴ってたような気がする。前に寄ったファミレスもその間辺りだったもんな。

「じゃあまたね愛ち！　ついでにさじょっち！」

「ついでは余計だよ。またな」

「……」

「……夏川？」

芦田のディスりにも慣れてツッコむものの、隣の夏川が手を上げはするものの何も言葉を返さなかった事に違和感を覚えた。歩きざま、前に出て夏川の表情を窺うと、〝笑顔でさようなら〟とはかけ離れた顔になっていた。

「はぁ……もう愛ち、可愛いなぁ……」

「……？」

夏川は浮かなそうな顔だけど、それを見た芦田は夏川を見て頬を桃色に染めながら悶え始めた。百合百合しい二人を見るのはウェルカムだけど、俺には何の事かさっぱりわからなかった。そんな深刻な事でもないのか……？

「あ・い・ち。今度遊ぼっか。愛ちゃんも一緒にさ」

「ぁ……」

芦田は夏川を遊びに誘う。愛莉ちゃんも誘う辺り流石と言わざるを得ない。誘われた夏川はまるで救われたかのように嬉しそうな表情になった。変わり過ぎじゃね？　やだこの二人ホントにちょっとアレじゃない？　特に芦田、お前は寂しそうにする彼女の心情を察して遊びに誘う彼ぴっぴかよ。マジでそういう関係なんじゃねぇだろうな……良いぞもっとやれ。夕暮れの帰り道っていうのがノスタルジックでなお良し。写真、撮っても良いですか。

……え？　じゃあなにマジで寂しかったの？　芦田はバレー部でまだまだ忙しいだろうし、遊ぶにしてもなかなか都合が合わなそうだな……（自称）夏川応援隊隊長の俺としてはそんな思いをさせたくないけど、これぱかりは芦田を責める事はできない。

「……本当？」

「だってまだ夏休み入ってから一度も遊んでないじゃん！　あたしそんなの嫌だもーん！」

「うんっ……うん！」

尊い。

素晴らしい、良い働きだ芦田。俺好みの雰囲気な上に夏川の嬉しそうなこの笑顔……！　これが見られただけでも生きる活力が湧いて来る。明日のバイトで急に波のような客が押し寄せてもバッサバッサ捌けるような気がするぜ！

いやぁマジで出校日捨てたもんじゃねぇなおい。苦労した分だけ幸せが返って来るとかアホなんじゃねぇのとか思ってたけど強ち間違いじゃねぇんじゃないかって思えて来たぜ。一日の締め括りを夏川の幸せそうな顔で終えられるなんて大団円と言わずして何と——

「ねぇ……」

「え」

え、急に何でこっち——あ、やっべ見過ぎた。

今になって自分の姿勢に気付く。三メートル先でイチャコラするＪＫ二人を前のめりで凝視する男。しかも瞬きした記憶が無い。目ん玉パッサパサ。どんだけ夢中になってたんだよ俺……ガチのアレじゃんか。

ゆっくり向かって来る夏川。少し俯いていて身長差もあって顔色が窺えない。怒られるって緊張のせいか、夏川のウェーブがかった髪がゆらゆらと広がっているように見えた。気持ち悪いとか言われたら死んじゃいそう。

「えっ」

「渉も」

「その……わる──」

「………だめ?」

駄目じゃないよ（条件反射）

ってな具合でいつもなら言えたはずだけど、夏川の浄化機能が強過ぎて即答出来なかった。まどろっこしい言い回しなんて要らない、やっぱ超可愛いわ。顔が熱くなって来た。ホントに？　夢じゃないよな？　俺今誘われてるんだよな？　後でやっぱり嘘なんて言わないよね？　馬鹿野郎、夏川はそんな事言う女じゃねぇよ。

「……だめ?」

「だ、駄目じゃないっ……」

二回はヤバい。二回はやべぇわ。

可愛いんだよ。これ以上なんて表現すりゃ良いの？　俺の語彙力じゃどうにも出来ねぇよ……。ひれ伏せば良いのか？　ひれ伏せば良いのか？

「なに慌ててんのよ……」

誰のせいだと思ってんだこの女神ァッ……!!　そう簡単に俺がめちゃ可愛な女子と堂々と会話できると思うなよ！　もうね、視線とかマジで右往左往だかんな！　だからそんな真っ直ぐ見ないでください……！

「……じゃあ――」

夏川はフッと俺と芦田にそれぞれ目をやり、照れ臭そうな仕草をして俺を悶えさせると、最後にそっと上目遣いで殺し文句を放って来た。

「め、メッセージとか……して良い？」

「ぐはっ」　※オーバーキル
「はうっ」　※全回復
なけなしの心臓に大岩をぶち込まれたような破壊力だった。そもそも夏川って元々そんなキャラじゃなくない？　素っ気なくされ過ぎた今までがあったからかギャップを感じて仕方ない。腰抜けそうなんだけど。これ以上見せられたら思わず逃げちゃいそうなんだけどどうしよう？

芦田は……もうダメだね、うん。見るからにポワッポワしてんだけどガチでそっちに目覚めちゃった？　解るわその気持ち。きっと俺なら女に生まれてても夏川に惚れてたと思う。

「あ、愛ちぃっ……！　汗臭くて悪いけどもっかい抱き着いても良いかな!?」

「さじょーストップ！」

改まって確認するところがマジやべぇから。ここまで行くと俺のツボじゃない、女同士なんだからわざわざ確認なんてとらずにイチャコラすりゃ良いんだよ。そこが良いんだよっ……！

「止めないでよさじょっちッ……！　女同士なんだから何も問題無いはずだよ！」

「わざわざ言葉にするんじゃねぇよ！」

まさか俺より先に芦田が堕ちちまうとはな……俺と違ってセクハラとか気にしなくて良いから自制心が効かないのね。危ねぇ……ここが人の往来の無い場所だったらむしろ推奨してるとこだったたっ……！

「えっと……」

「気を付けろ夏川……今の芦田は俺よりも変態だ！」

「わ、渉よりも……？」

「ごめん俺の事は一回忘れてくれる？」

何で〝俺よりも〟のとこに強い反応しちゃうの？　前から変態って思われてたってこと？

マジかよバレてんじゃん。後ろで残り香を待つのがダメだった……？　ダメに決まってんだろ。

「愛ちぃ……いつでもメッセージちょうだい」

「……え？　芦田とはやりとりしてると思ってたけど」

「夏休みに入ってからは……。圭、忙しそうだったから」

「そんな気ぃ遣わなくても良いのにぃ」

女の友情にも礼儀有りってやつだろうか。芦田が言うみたいに気なんて遣わなくて良い気もするけど……夜中にグルチャで騒がしくするより百倍マシな気がする。そういう几帳面なところも好きです。幸せになってください。

「芦田が良いって言ってんだし、バシバシ送っちゃえば？」

「……………渉は？」

「もちボッ……!?」

まあ舌噛んだよね。

◆

芦田が肩を弾ませながら帰って行く後ろ姿が忘れられない。夏川のあまり見られない一面に俺は高低差あり過ぎて耳キーンなってるってのに、どうしてアイツは部活後とは思えない溌剌さを発揮できるんだろう。疑問が多い、現実感が湧かない、今でも夢を見てるような気分だ。

夏川とまた二人きりになった今を含めて。

「圭……何だか興奮してたわね」

誰のせいだと思ってるんですか？　俺の平常心も現在進行形でガリガリ削られてるんですけど？　こちとら推しのアイドルと二人きりで歩いてる気分なんだけど。今年の運全部使い果たしたわきっと。明日からちゃんと生きていけっかな……。

「夏川も大概だよ。芦田に跳び付くとこなんて初めて見た」

「そ、それはっ……愛莉のマネよ」

何それ可愛い。

今日何度目の可愛さかはわかんないけど冷静に考えたら今に始まった事じゃなかったわ。久々に会って忘れてたけど夏川はいつも可愛い（常識）。最近美人慣れしたんじゃねぇかって思ってたけど確信した。

男は永遠に美人に慣れない。

「……愛莉ちゃんと言えばさ、芦田は結構早いうちに紹介してたり？」

「うん、五月に他のバレー部の子たちと一緒に」

「バレー部かぁ。芦田以外のバレー部とあんまり縁ねぇなぁ」

「全員揃ったら凄いわよ。圭が一番背小さいから」

「マジかよ……」

　芦田って俺の目線くらいの背だよな……流石バレー部、試合では大いに役立ちそうなアドバンテージだ。そういや芦田がバレーしてるとこ見たことねぇな。男一人で見に行けるわけないんだけどさ。この前休憩中の芦田に偶然会ったら「汗びっしょりで臭うから近付かないで！」ってダッシュで逃げられたし。

「愛莉に私つながりの誰かを会わせたのはその時が初めてね」

「喜んでた？」

「みんなに抱っこされてポカンってしてたわ。ずっと『だぁれ？』って顔してたの。可愛かったな……」

「っ……」

　愛莉ちゃんの話になると夏川は俺相手でもよく喋る。それは嬉しいし喜ばしいしお賽銭投げたいくらいなんだけど、会話の中で時々愛莉ちゃんの声真似をするのが反則的。美少女が幼児の真似をするとことか見ちゃいけないものを見てる気分だ。思春期がッ……俺の思春期が刺激されるんだよっ！

「？　どうしたの？」

「い、いや何でもない」

夏川は自覚してないというか……いや、だから良いのか？　自分の可愛さ度合いを完璧に把握してるとかちょっと嫌だし……いつかの東雲ナントカとかいうパッキン少女みたいに高飛車な性格になりそう。それか男を一切寄せ付けないとか。

そうなると愛莉ちゃん心配じゃね？　たぶん夏川以上に可愛い可愛い言われてるだろうし。精一杯甘えて寛容に育つか、女王様気質に育つか……うーん、心配。俺が口出すことでもないんだけど。

「愛莉も可愛いけど……渉のお姉さんは？　綺麗だし、小さい頃は可愛いお姉さんだったんじゃないの？」

「綺麗か……？　俺が物心付いた時にはすでにガキ大将だったよ」

「が、ガキ大将ってっ……」

夏川がクスリと笑う。そこから姉妹姉弟トークが始まる。愛莉ちゃんの事は夏休み前からトレンドだから正直訊くこともあまり無い。妹ラブの夏川の事だから自分から愛莉ちゃんへの愛を語ってくれるかと思ったけど、話題は割と姉貴についての質問へとシフトした。俺は日頃の恨み辛みを愚痴のように語るだけだった。

破顔する夏川。自分の語り口で笑ってくれるのが嬉しくて、気がつけば俺は得意げに数々の逸話を語っていた。情けない話ばっかかのような気もしたけどそんな事はどうでも良かった。

歩いてるうちにやってくる十字路。見覚えある道に差し掛かったところで、ハッと自分の置かれた状況に気付いた。俺、夏川と普通に話せてる……？　話しかければ逃げられるのがほとんどだった以前。やっと普通に話す機会があってもしどろもどろで頭真っ白になってた俺が……？

「……」

『あ……私、ここ左」

「おう……そうだな」

まさしく夢のような時間だった。今まで夏川と過ごした中じゃ間違いなく一番の幸せな時間。この時間が終わってほしくない。ついそう思ってしまうような。

別れ際、夏川は少し歩いてから立ち止まると、半分だけこっちを振り向いた。何かを待つように俺を見る。真っ直ぐ向かってくる目線には何か期待が篭っているように思えた。

……何と言えば良い？　『じゃあ俺は真っ直ぐこの道だから』って……？　んな分かりきった事言ってどうすんだよ。何でこのタイミングになってこんな緊張するの……。

夏川は何を求めてる……？　この状況を作り出したのは俺でも芦田でもない、夏川だ。夏川が望む事……絶対に今までのどっかで話してる。夏川は何て言った？

——ああ、そうだ。

「……んじゃ、また後でメッセージでもするわ」

「うん、また後でね」

これか。ああそうだ、夏川が笑顔だ、これで正しかったんだ。前に付き纏って一緒に帰った時の戸惑いある作り笑顔じゃない。あまりに違う、偽物と本物、視線の交わる時間。五感で感じ取る全てが正解のように思える。

夏川が此方に背中を向けた。顔が見えなくなった瞬間、胸の内で生き返ったかのような安堵感が湧き上がって来た。夏川に対する想いと矛盾し過ぎていて訳が解らなかった。

ただ、この名残惜しさだけはあの頃と変わらなかった。

◆

風呂から上がると、スマホの画面にグループに招待された旨の通知が入っていた。おいマジかよと思って慌てて中身を見てみると、どうやら芦田が作って俺と夏川を誘ったようだった。何やら既にグループ名が付いている。

『Kとシスコンたち』

喧嘩売ってんのか。

ほぉんシスコン？　言うに事欠いて俺をシスコンと仰るか。夏川はともかくこの俺が？　ふっ、笑わせてくれる……姉貴のあられもない姿を見ても無心で居られるぞ俺は。

招待を受けてグループに参加する。

【誰がシスコンだ】

【愛ちは認めたよ？】

【俺シスコンだったわ】

いやぁ忘れてた俺シスコンだったわ。もうヤバい、姉貴の顔直視できないもんね俺。目え合ったら膝ガクガク震えるレベル。気が付けば頭を低くしてるし、もうコンプレックスの塊だよね。

え、なに今のやり取り夏川に見られてんの？　てか夏川と正当にメッセージやり取りできるの？　正当にってやべぇな。どんだけ夏川のこと特別な存在だと思ってんの。

【渉、お姉さんと仲良いじゃん】

〝お義姉さん〟だとッ……あ、違った〝お姉さん〟か。目の錯覚だったわ、間違いなく疲れてんな。夏川が少し気安い感じなのは気のせい？　メッセージだとこんななのかな……おいおいたまんねぇなテンションぶち上がるぜ。

【晩飯のハンバーグ譲るくらいには仲良いぞ】

【さじょっちとの関係性が一発で見えたよ……】

【(*´ω`*)】

夏川さんや、帰りの別れる前から薄々気付いていたけど、あなた俺と姉貴の話好きだよね？　何ですかその可愛い顔文字。わざわざ拾って来たの？　やだスゴい想像広がる。ＳＮＳの可能性無限大だわ。そしてお姉様、これからもどうぞ宜しくお願いします。

【愛莉にも同じ感じだったよね】

【その話詳しく！　愛ち詳しく！】

【待つんだ夏川、ホント待ってほしい】

【やだ】

くッ……何だよこのちょっと幼い感じ！　普段あんまりワガママじゃない女子が裏ではちょっとワガママとか男心くすぐるにも程があんだろ！　ベッド、ベッドに行こう。人生で一番足バタバタしたくなってる。

そうする間にも夏川がつらつらと俺が愛莉ちゃんと遊んだ日の事を話して行く。どうやら俺がペコペコと頭を下げて馬に徹する姿がツボだったようだ。

いやいやあの時疲れてないか心配してくれてたじゃないっ……内心笑ってたってこと⁉　酷いっ……何でだよ！　何でなんだよッ……何で無性にお馬さん役やりたくなっちゃうの……。

【ほほう……今日の事も有るし、さじょっちって年下好きなのかなぁ？】

【え、愛莉を……？】

なわけねぇだろ。

うわちょっとこれ良くない展開……んや待て、ここはちょっとガチで考えてみよう。実際どうなんだ俺……愛莉ちゃんの事は一先ず置いといて、年下が好きか否か。

そもそも周囲にどんな年下が居るよ？　最近だとまさに笹木さんだな。ずっと年上だと思ってたけど……制服姿を見てから女子大生の印象は薄れたかもしれない。インパクト最強だったからな、頭からあの姿が離れない……。

いやでもどうなの？　年下って分かったから背伸びした少女感あるけどそれを差し引いても大人っぽ過ぎるわ。垢抜けてんもん。頭で分かってても年下感は無い。そもそも生きる世界が違う感じするから〝一般的な年下〟に当てはめるのは違う気がする。

他は……？　あれおっかしいな何で稲富先輩の顔が浮かんだんだろう、先輩でしょあの人。すっごい、頭の中で知り合いの誰よりも台頭して来てるわ。想像で頭撫でておこう
……ちょっと、三田先輩邪魔しないでくれますか。

あとは誰だ。佐々木の妹の有希ちゃんさんか……？　有希ちゃんさんなのか？　有希ちゃんさんどうなの？　めっちゃ一途だよね。誰に対してとは言わんけど。俺も妹が居たらあんな感じなのかなー。

……。

【年下ってどんなんだっけ？】

【は？】

【は？】

………は？

EX1 ♥♥ 胸張れど

「今日はありがとう、四ノ宮風紀委員長」

「いえ、これも私の務めなので」

「本当に助かるよ。気を付けて帰るんだよ」

「はい。お疲れ様でした」


中学生体験入学。夏休みに入った直後から休みを返上して準備して来た恒例のイベント。ついに主要なプログラムの全てと挨拶回りを終え、三年生の風紀委員長——四ノ宮凛はやっとの事で仕事から解放された。

学生でありながら大人と対面になって何度も会談をする事は並大抵の精神でこなせるものではなく、堪えられたとしても精神的な疲労を感じざるを得なかった。

「……ハァ……」

近年、あらゆる高校から無くなってしまった『風紀委員会』。存在そのものの必要性を叫ばれる中で、この鴻越高校は創立当時からずっと存続してきた。その理由は誇らしいものではなく、去年までは学校の運営に口を出そうと目論む有力者たちが高校生の子供を使って都合良く意見を通そうとするための〝名ばかり〟のものだった。それが無くなった今、この高校からすれば風紀委員会はそこまで必要ではないのかもしれない。

しかし、それでも凛には志があった。

教師や教育委員会という立場とは違った〝同じ学生〟という立場で生徒たちの風紀を纏める――――どうしてもそこに大きな意味があると思えてならなかったのだ。現に、世間では風紀の乱れから生じる高校生のトラブルが増加しているように思える。それを防ぐためには、大人とは別の角度の視点がどうしても必要と感じていた。

だが、学生間に〝模範者〟を生んでしまえば格差が生まれてしまう。ただ「お前は間違っている」と指摘できる権利を与えてしまったらその生徒は無為な権力を有してしまう。

その不公平さを補うため、凛たち風紀委員会はこういった学校のイベントという〝負担〟を請け負うことで釣り合いを取ろうとしているのだ。去年まではこれも生徒会主導だった。

「…………はっ、いかんな」

時刻は十八時半。もうすぐ最終下校時間。

廊下を歩く自分の視線が床に吸い込まれがちになっている事に気付き、何とかそれを前に向ける。予想以上に疲れてしまったとはいえ、自分は風紀委員会の長だ。そう簡単に情けない姿で居るわけにはいかない。両手で頬を押さえ込むように叩いて、何とか気合いを入れ直す。

委員会の拠点の教室に戻ると既に施錠がされており、もう誰も居なくなっていた。スペアキーで開けると目の前の教卓には書き置きが残されており、そこには後輩の三田綾乃の文字で『書類は提出済みです。お疲れ様です』と書かれていた。任せた仕事がちゃんと果たされた事がわかって思わずホッとする。その隣には稲富ゆゆの可愛い文字で『お疲れ様です。いっぱい休んでください』と書かれていた。

「ホントは、帰りにご飯でもと思ったんだが……」

三田綾乃。稲富ゆゆ。そして――佐城渉。

親友である佐城楓の弟。学年は二つ差があれど、姉の楓で慣れているのか、こんな肩書きの自分にも畏まり過ぎず話してくれる一年生の後輩。夏休み前に良かれと思って強引に家の道場に連れて行ったものの、祖父の言葉で滅多打ちにしてしまった。それでも、自分から手伝ってくれると申し出てくれた可愛い存在だ。結局、体験入学が始まってからはろくに話せてないのが残念だった。

「ままならないな……」

思うようにいかない現実。思ったより疲れているのか、幼い頃より精神を鍛えている凛でも後ろ向きな考えになりかけていた。どうせ誰にも見られていないと、思わず教卓に両腕を乗せてそのまま伏せてしまいそうになった。

「――なぁに悲劇のヒロイン気取ってんだか……」

「んなっ……!? ――痛ぅっ……」

自分以外、誰も居ないはずの教室。感傷に浸ろうとしたタイミングで後ろから話し掛けられ、思わず凛は教卓に膝を打ち込んだ。痛みを我慢しつつ、教卓の側面がヘコんでいない事を確認してホッとする。

「か、かえで！　急に後ろから話しかけるんじゃない！」

「はんっ……」

後ろを振り向くと、そこには着崩した制服に短いスカートという装いのどこかダウナーな雰囲気の女子生徒――佐城楓。偉そうに腰に手を当てて、立ち竦む自分を見下ろしている。こちらも仕事終わりなのか、少し髪が乱れており疲れが感じ取れた。

「ほら飲み物。お疲れ」

「わっ、わっ……！　だ、だから投げるなと……！」

いきなり放られたペットボトルの飲み物を慌ててキャッチ。怒る自分の事など意に介さず、楓は近くの机の上に座って足を組み、先ほど放った飲み物と同じものをゴクゴクと飲み始めた。色々と物申したい衝動をグッと堪え、凛は用件を尋ねることにした。

「まだ残ってたのか」

「まーね。結局、風紀委員だろうと何だろうと生徒の責任は生徒会だから。こっちもこっちで仕事があんのよ」

「それは……す、すまん」

「なぁんで謝んの、らしくない。別に文句言いに来たわけじゃないから」

「……っ………」

『らしくない』。そう言われ、確かに今の自分がいつもの自分らしくない事に気付く。体が疲れたとしても心が疲れない限りは不調を来さない。心が疲れてしまっている今、〝風紀委員長の四ノ宮凛〟としては隙だらけの何ものでもなかった。

慌てていつものように背筋を正す。

「ったく………そうじゃないっての」

「え……？　か、楓……？」

楓は机から立ち上がると、つかつかと凛の方に歩み寄って後ろから肩を掴み、解し始めた。一方で、そんな楓の行動に戸惑う凛はただ固まってされるがままに立ち尽くしていた。

「アタシの前で虚勢張ってどうすんの。大丈夫っててんならアタシの『お疲れ』返してくんない？」

「そういえば……そうだな」

凛にとって楓は親友だ。仲良く頻繁に遊びに行く仲と言われればそうでもないが、それとは別の強い繋がりが二人の間には在った。今さら凛が楓の前で強がったところで、既に〝弱さ〟も〝カッコ悪い部分〟も知られているのだ。

「こっちも疲れてんの。後で交替ね」

「それは構わんが……楓も人の肩を揉むんだな」

「これ、渉直伝だから。気に入ったなら今度アイツに気持ちよくしてもらいな。そんくらい幾らでも貸したげるよ」

「なっ……!?　さ、佐城にっ……!?」

「や、アタシも〝佐城〟だからね？」

思わず大きな声を上げて想像してしまう。楓の弟というだけあって多少のボディータッチくらいなら何とも思わない凛だが、肩を揉むともなれば体の感触を確かめる領域だ。悪くないとは思う一方で、どこか異性を感じざるを得ず、顔に熱が込み上げてしまう。

「っったく……なに人の弟を意識してんだか」

「か、楓が変なこと言い出すからだろう」

「今に限った話じゃないでしょ。妙に絡んでるって聞いてンだけど？」

「いや、それは……思いのほか話してみると面白くてだな。楓の弟ということもあってつい構いたくなるんだよ」

「甥っ子かアイツは」

「んおっ」

　肩を押し込む親指の力が強くなる。強い『イタ気持ち良い』を感じて思わず凛は変な声を出してしまう。その自覚はあるものの、聞かれたのが楓だけだからか特に恥ずかしく思うことはなかった。

「交替。揉んで」

「まったくお前は……」

　今度は凛が楓の肩を揉む。こちらもこちらで書類仕事や勉強ばかりだからか肩の凝りを感じられた。お互い苦労してるんだなと、凛は手先を動かしながら苦笑する。

「……アイツ、しっかり働いてたってよ。綾乃が言うにはね。綾乃が」

「そうみたいだな……いや、綾乃を信用してくれ」

「綾乃は信じてるって。渉を褒めんのが癪なだけ」

「何だそれは……」

渉の頑張りは綾乃からメッセージで聞いていた。男手が少ない中で、率先して運搬作業に取り組んで周囲からの評価を得ていたようだった。風紀委員会に取り込むための外堀を上手く埋められているようで思わず凛は笑みを浮かべてしまう。

――そして、そんな事を考えた自分の現金ぶりに嫌気が差した。

「――凛のためでしょ」

「えっ？」

「こんなクソ面倒なこと頑張るなんて、フツー理由がいるでしょ。アンタのために頑張ったんじゃないの。アイツは」

「そう、なのか」

「そんくらいにはアンタは一年にも二年にも尊敬されてるってこと。自信持ちな」

「で、でも……」

「――凛じゃなきゃ、風紀委員会はとっくに無くなってたよ」

被せるように言われた言葉に凛は思わず目を見開く。親友といえど、楓がここまで自分のことを持ち上げてくれる事は珍しかった。思わず手を止めて問いかける。

「楓がそこまで褒めてくれるなんてな」

「アタシが褒めたんじゃないっつの。みんなが思ってることを言っただけだから」

「それは……プレッシャーだな」

「だからアタシみたいのが居んでしょ」

「……え？」

また弱音を吐きそうになってしまう凛を、楓が掬い上げる。後ろに立つ凛は思わず楓の顔を覗き込みたくなった。後ろから見つめても、夕日に照らされたオレンジ色の肌しか見えなかった。

「――どんだけ無い胸張っても背中は本音しか語れないわけ。疲れたんなら『疲れた』って言いな。どうせバレる。一年の頃、凛がアタシに声掛けて来たみたいにね」

「……！」

「〝借り〟はまだまだ残ってる。一人で草臥れるには早すぎんの」

「楓……」

〝背中は嘘をつけない〟。いつだか祖父にも言われた事があると、凛はその言葉を反芻する。虚勢を張ることは心に傷を増やすだけの自傷行為。だから自分に身を傾けろと、甘えろと、楓は今まさにそう言ったのだ。そして、そんな言葉をかけて来た楓の気遣いに思わず嬉しくなり、凝り固まったその体を後ろから抱き締めた。

「〝無い胸〟は余計だ。実は楓よりあるかもしれない」

「ハァッ!?　嘘！　絶対アタシの方があるから！」

「どれ」

「ちょっ、わし掴むなっつの！　暑苦しい！　ブラずれる！」

苦境をともに乗り越えた親友が居る。楓はまだ借りを返し切れていないと言うけれど、凛はそう思っていない。二年生の秋、楓の後押しが無ければ自分は風紀委員長にはなれなかっただろう。それだけで、どれだけ感謝の念を抱いた事か。

願わくば、その〝貸し〟が尽きたとしても親友で居てくれたらと思わずにはいられなかった。

ホラーゲーム。それは時に命の重みを感じさせない、やべぇジャンルのゲームだ。だけど他のジャンルと違って臨場感を重要視されるだけあって、非常にリアルな画質で作られるものが多いからか一定の層からの人気を得ている。かく言う俺も何本か経験がある。そして何より夏にはもってこいのジャンルという側面もある。

【怖いよぉ】

【何で買っちゃったのお前】

午前四時。殺意が芽生える時間帯に俺に泣きついて来た馬鹿が居た。その名も山崎。別次元で度胸試しの為に肝試しに行ったら訳のわからない場所に迷い込んで悪霊に十八回殺された男である。早く成仏してくんねぇかなコイツ。

夏休みだからと調子に乗って一人で挑んだんだろうな、鬱になりそうな勢いで進めて結果眠れなくなった馬鹿がこの山崎だ。全く無茶しやがって……。

【山崎。部屋にバスケットボールはあるか】

【ある！　あるぞ！　机の横にぶら下げてる！】

【そうか、目が合わなけりゃ良いな】

【え……】

スマホの画面を閉じてポイっと投擲。近くの座布団の上にポトリと落ちるのを見届けると布団を被る。俺はまだ寝れる、あと六時間は行けそうな気がする。バイトに余裕で遅刻するけどきっとそれは妖怪のせいに違いない。すげぇ、ホラーの話したばっかかだってのにコミカルなキャラクターしか頭に浮かばない。

「…………うるせぇ」

マナーモードにしたものの俺のスマホは座布団の上で強烈に震えまくっていた。音がマジでうるせぇ、スマホの震えから山崎の叫びが伝わって来る。アイツさてはめちゃくちゃスタンプ送って来てんな？

――ははっ、野郎。

スマホを拾ってメッセージアプリの設定画面を操作。寝惚けた頭で自分のプロフィールを弄って名前を『譁?ュ怜喧縺?』と文字化けさせ、適当にググって拾った画像を使って俺のアイコンとホーム画面をそれはもう赤黒い感じのヤベーやつにした。その間も俺と山崎の個チャはどんどん更新されて行く。

山崎……お前は一体誰と会話してんだろうな？

再度スマホを座布団に捨てて布団を被る。そうして五秒も経たないうちにスマホの振動は収まった。思い知ったか山崎この野郎……お前なんか寝れなくなってホラゲせざるを得なくなっちまえば良いんだ畜生め。

「……ふあ………」

やっと寝れる。外は少し明るくなり始めてるけど今の俺ならあと六時間は行けそうだ。いやいやバイト遅刻ですね、それまでには起きないと……。

山崎が震えまくってる姿を想像してニヤニヤしてるうちに、気が付いたら夢の中に落ちていた。

【で、何か言い訳はあるかな？】

【マジすんません】

何事も無くバイトを終えたら俺のスマホの通知が何事かと思うような数になっていた。表示を見ると鬼のようにＫＫＫＫＫ――。芦田だった。ヤンデレかよと調子に乗って中身を見て気付く。俺のアカウントがとんでもなくバグってることに……。

——あらやだ、これバグじゃないわね。

芦田ブチ切れさんでした。夏川が俺のアイコンと名前を見てスマホが壊れたかウイルスに憑かれたかとガチで勘違いして芦田に個チャしまくったらしい。純粋な夏川に対して冗談の解る芦田さんブッチンプリン。すげぇ弾力性ありそうなプリンだな……。

以前ファミレスで見た芦田の様相を思い出す。この俺が認めるほど夏川ラブな芦田が静かに夏川にキレてた時の迫力。ゾッとして慌ててアプリを立ち上げてプロフィール編集。元に戻して先日できたばかりのシスコンが過半数のグループに挨拶してみると、芦田から表情の窺えないさっきの言葉が返ってきた。

二人からしたら質の悪いイタズラでしかないからもう謝るしかない。ひぇぇ……どんだけ謝っても何も返してくれないよぉ。ひたすら既読スルー……画面の向こう側で無表情の芦田が眺めていると思うとゾッとする。夏川が怯えてると思うと心臓をギュッと掴まれるような気分になった。

「やっちまったぁ……」

炎天下。人の往来ある歩道の真ん中でうな垂れた。俺の悪いとこなのか、時たま人を不愉快にさせる事をやってしまう。しかも割と定期的なのが質悪い。

【本当に申し訳ありませんでした】

【じゃあ何でもするよね？】

【え？】

え。それそっちから言うの？

こういうのってその……俺が誠意を見せて自分から言う感じのやつじゃないの？　や、そもそも俺が何でもするとは限んないんだけど。謝ったら穏便に許してくれないかなぁ、なんて思ってたり……あれ？　もしかしてこれもう断れない感じ？　っかしーなこんなはずじゃ——

【愛ち、見てるでしょ言ってやんなよ】

【ええっ!?】

おい。メンチの切り合いして喧嘩前の口上に移ったレディースかよ。姐さんびっくりしちゃってんじゃねぇか。

既読機能ってやっぱ怖いわ、夏川は静観してるつもりだったんだろうけどな。さっきからああ見てんなとは思ってたけど、怯えさせて気まずかったからあえて夏川に話しかけるのは控えてたんだよ。

【今ならさじょっちがどんな無茶ぶりにも答えてくれるよ】

いやいや幾ら何でも――――待てよ？

夏川の……無茶ぶりだと？　無茶ぶりってこう……普通はできない事を命令して満足感を得てムッフーとするアレだよな。それを俺が……命令される？　誰から？　夏川から？　あの夏川から？

あっれおっかしーな炎天下だってのに急に体軽くなって来た。なに命令されんのかなーマジ怖いなー。あーやっべゾクゾクして鳥肌立って来た。いやでもやらかした罰はちゃんと受けないとなー。

……ふへへ。

【それはちょっと……何でも言ってください】

【ええっ!?】

【さじょっちの顔が思い浮かぶ……】

【まだ？　夏川まだ？】

【ちょっと待ってよ！】

【コラさじょっち】

おっけー落ち着け俺。財布はどんな感じだ？　給料手渡しで貰ったばっかで夏の猛暑ばりに温暖化現象起こってるわ。マジで懐の氷が溶けちゃうレベル。今ならタピオカミルクティー四十回くらい奢れちゃう。

遊ぶ金欲しさのバイトじゃなかったかって？　んなわけねぇだろ馬鹿なんじゃねぇの、こういった非常事態に柔軟に対応するためのバッファを担保するためのリソースを確保したまでの事であってだな。断じて下心あっての労働意欲を発揮してるわけじゃないんですよ（大興奮）

【ちょっと考えさせて！】

【どんな罰でも受けます】

【何でそんなやる気なの！】

【さじょっちだもん仕方ないよ】

いや違うんですよ。ご迷惑をおかけした夏川様と芦田様には悪い事しちゃった上に償い方まで提案して頂いたご恩もありましてね？　だと言うのに加害者ともなる俺が消極的と言うのはあまりにも仁義というものに反すると思った次第なんですよ。

それではいかんと。ならばここで一肌脱がにゃ男が廃ると言うものでしてね、はい。頭を丸めてでも許されないと言うのならどんなご希望にもお応えするというサービス精神をもって罪を贖わせて頂こうという心で臨ませていただきやす。

「ただいま！」

気が付いたら家に着いていた。人生で一番良い声が出た気がする。室内は廊下までエアコンが効いていて良い感じに冷えている。それでも俺の燃え滾る心が冷めるとは思えなかった。

ちょうど階段から姉貴が降りて来る。相変わらず今日も華の女子高生とは思えない軽装備だった。俺を見ると、ゴキブリを見つけたかのように顔を顰め大きく仰け反りやがった。

おいゴルァッ！　人の顔見て失礼な態度とってんじゃねぇぞ‼

「アンタ……何で汗だくで笑ってんの？　キモいんだけど」

おうそりゃキモいな。

【さじょっちめぇっ……反省してないねアレは】

【な、何であんなに前向きだったんだろう…………】

【変態なんだよさじょっちは！　警察に突き出そっ！】

「あはは……」

可愛らしい顔文字と一緒にぷんぷんする圭を見て苦笑してしまう。私自身も憤りを覚えないわけじゃないけど、圭があまりにも強い言葉で渉をチクチクと言うものだからそんな気持ちも薄れてしまった。

事の発端は夏休みの体験入学の日が過ぎて間もない頃。圭と渉とで三人のメッセージグループを作って話すようになって、事あるごとにスマホの通知画面を気にするようになった。スマホを初めて手にしたのは高校生になってからだし、こんなふうによく話すクラスメイトとグループを作ってやり取りするのが新鮮だった。

そんな時に起こった事件。グループ画面を開くと、渉のアカウントのアイコンが凄く怖い画像になっていて、名前からプロフィールまで全部が『譁♪ュ怜喧縺♪』と文字化けしてしまっていた。

何が起こったのかわからずグループで呼びかけてみるも、渉も圭も気付いていないのか既読が付かず……スマホを片手におろおろとしてしまった。

尋常じゃない事になってると思って、圭に個人メッセージと着信を繰り返して幾ばく――やっとの事で通じた圭が【これは悪ふざけだよ！】と言い切って凄く怒り始めた。

しばらくして渉も気付いたのか、【本当に申し訳ありませんでした】とのメッセージ。謝ってくれたものの、畏まった言い方が逆に鼻に付いてムッとしてしまった。文字だけだと何だかふざけているように見えた。

圭も同じだったのか、渉に罰を与えると言って私にパスしてきた。何故か渉がすごいやる気を見せたものの、むしろ私の方が準備できていなくて焦ってしまう。渉への罰はいったん保留という事で落ち着いたのが今だった。

【で、どうしてやる？　愛ち。バレー部のみんなでさじょっちん家攻めようか】

【いやいや！　お姉さんとか居るでしょ⁉】

【あ、そうだった】

たぶん圭が呼び掛けたら本当にできるんだろうけど、それはいくら何でも近所迷惑すぎる。何より渉の家にはご家族だって居るだろうし、生徒会副会長のお姉さんに嫌われるような事をするのは何だか嫌だった。

【じゃあ女子更衣室のぞいたって噂流そう！】

【ちょ、ちょっと待って！】

凄く乗り気になっている圭を思わず止める。

私の味方になってくれるのは嬉しいけど、アレの罰にしてはいくら何でも重すぎる。二学期からの渉の立場が危うくなりそうなほどの罰を与えるつもりはない。

ていうか圭ホントに怒ってる……？　ちょっと楽しんでない？

「ただいま、愛華」

「おねーちゃん！」

「あ、お母さん。おかえり。愛莉も」

圭と話してると、出掛けていたお母さん達が帰って来た。愛莉がパタパタと駆けて来る。

両手をバンザイさせる愛莉を一回だけ〝たかいたかい〟して直ぐに下ろす。

「え〜、もっと〜！」

「もうっ、先におてて洗わなきゃでしょっ」

「はーい……」

トボトボと洗面所に歩いて行く愛莉をお母さんが苦笑いしながら追いかけて行く。どんなに可愛くても外に出たら手洗いは絶対だ。いくら愛莉でもそこだけはしっかりさせないといけない。風邪でも引こうものなら完治するまで看病するために学校を休んでしまうから。

「おねーちゃん！　おててあらった！」

「こら愛莉！　まだ拭き切れてないでしょ！」

タタタッ、と駆けて来る愛莉を今度こそちゃんと抱っこする。少し遅れてお母さんが叱る声が聞こえて来た。胸元の愛莉を見ると確かにまだ少し手が濡れていた。

「もう、ダメじゃない愛莉」

「んむぅ〜！」

「んむぅじゃないの」

夏だというのに愛莉は甘えんぼのひっつき虫さんだ。私が甘やかし過ぎたせいかもしれないけど、可愛い。ダメだけど可愛い。愛莉の濡れたままの手から胸元にじんわりと伝わる感触さえ愛おしく感じた。

「おねえちゃん！　たかいたかいして！」

『え、ええ？　また？』

「たかいやつ！　すごいたかいやつ！」

「えぇーっと………」

愛莉の言う〝すごいたかいやつ〟。それは前に渉が愛莉にしたものだ。抱っこをする時の勢いでそのまま高いところまで持ち上げるのを繰り返すというもの。渉は『ダイナミック抱っこ』とか言ってたけど、私だと五歳の幼児を自分の腕を上に伸ばす所まで持ち上げるのは力が足りなくて少し安心できない。お母さんもできるはずはなく……お父さんに頼もうと思ったけど、愛莉に簡単に転がされるお父さんじゃ無理だと思った。あれ以来、愛莉はうちに来た人にはあれをしてもらえると思っているのか、前にクラスの飯星さんにせがんで困らせてしまった。

「ごめんね、アレはこの前のお兄さんしかできないの」

「え～………──おにーさん？」

「そう、お兄さん。覚えてるでしょ？」

「おにーさん……」

あ、あれ……？　覚えてないのかな……。

視線を宙に浮かせて思い出そうとしてる愛莉を見て不安になる。愛莉の頭の中にもう渉は居ないのだと思うと何だか胸がチクッとした。

「……おにーさん？」

「そうよ。愛莉を〝すごいたかいたかい〟してくれた人」

「……さじょー？」

「そう！　覚えてるじゃない！」

「……おにーさん？」

「えっ」

コテン、と首を傾げる愛莉に思わず反応してしまう。すごい可愛い……──って、そうじゃなくて。

渉……愛莉からお兄さんって思われてないのかな。そういえば一度も〝おにいちゃん〟

なんて呼ばれてなかったような気がする。

そもそも渉、佐々木くんとかとは違って本物の〝お兄さん〟じゃないから……。愛莉との接し方も〝お兄さん〟っていうよりも〝同い年の男の子〟みたいになってたし。ひーひー言いながら愛莉の馬になってた時は才能を感じたけど。

「あそびたい！」

「えっ……え⁉　えっと……わ、渉と……？」

「わたる……？」

「あ、えっと……さじょーと遊びたいの？」

「あそびたい！」

「そ、そーなんだ……」

渉を、愛莉に会わせる。

今思えば凄いことをしたと思う。その前にクラスメイトを連れて来ていたとはいえ、渉という異性の男の子一人を家に連れ込むなんて中々するような事じゃない。大胆なことをしてしまったと、思わず顔が熱くなってしまった。

「……おねーちゃん？」

「ハッ……！　さ、さじょーと遊びたいんだ……」

「もおっ！　そーいってるでしょ！」

あの時は私もどこか納得できない部分があって必死な思いだった。だから渉を家に連れて来たんだけど……今、また家に連れて来るのは何だかまた意味が変わってしまうような気がする。あの時は〝来て欲しい〟という強い気持ちがあったけど、今は何だか〝恥ずかしい〟という気持ちが強かった。

「そ、そうだ……圭っ」

――の、前に壁掛けのカレンダーを見てうちの予定を確認する。お父さんとお母さんの予定を見ると、二日後は昼以降、二人とも家を空ける事が分かった。

渉一人をいま家に連れて来るのは何だか胸がムズムズする。でも、圭も一緒ならその意味はまた全然違うように思えた。それなら呼んでも良いと思ったものの、お母さんやお父さんの前に渉を連れて来るのは圭が一緒だとしても何だか恥ずかしい。この前連れて来た時もお母さんから後で根掘り葉掘り訊かれてしまった。あの時は〝いつものクラスメイト〟で済ませたけど、二度目はそうもいかなそうだ。

「お、お母さん」

「ん？　なに？」

「明後日なんだけど………ずっと居ないの？」

「そういえば言い忘れてたわね。木村さん達とランチして遊びに行くの。愛莉は任せて良い？」

「良いけど……いつ頃帰るの？」

「夜になるかもねぇ。ほら、やっぱりおばさんって集まると話長いじゃない？　誰がおばさんよ」

「あ、ご、ごめん……って、お母さんが言い出したんでしょ！」

「ふふっ」

お母さんはどうやら夜まで居ないらしい。お父さんの予定は大抵は夜遅いから、外が明るいうちに帰ることはなさそうだ。そ、それなら――。

渉への〝罰〟。圭が言い出したものだけど、普通に誘うよりも都合の良い理由がある。〝罰〟なら、渉を誘っても違和感は無い……のかな？

……さ、誘おうかな。どうしようかな……。

【圭……あのね――】

【えっ⁉　ホントに⁉】

渉への〝罰〟が決まったのは、圭に話してすぐの事だった。

山崎は言った。【私の犬は濡れている】と。

俺は言った。【犬種は?】と。

山崎は答えた。【パピヨン】と。もうコイツと縁切ろうかなって思った。

何やってんのコイツ寝ろよ。なに知性失ってまでホラゲしちゃってんの? 修行でもしてんのか?

【すたぼろひ】

『寝ろ、今すぐ』

『あぉん……』

即電話したスマホの向こう側から蚊の鳴くような声が聴こえた、ていうか犬だった。もはや人間捨ててる気がする。もう寝たところで夢にまでホラゲの内容が出てくんじゃねぇの。

いやホント、ホラーゲームとかガチで頭おかしいのが多いんだから長時間は控えた方が良い。ありゃ楽しむもんであって挑戦するもんじゃねぇから。

シャワーで汗を流して、山崎を現実に引き戻すためチェバの定理の内容をメッセージに貼り付けていると、俺のアプリがまた更新された。……あれ、山崎じゃない……？

【その……お願い？　罰？　なんだけど……】

来ました。

待ってましたよ夏川さん。思わず脱衣所で正座待機。我ながらキモいな、何なの俺のこの反射神経……ほぼ無意識だったんだけどヤバくない？　本人を目の前にして話さない分緊張しないから自制心が働かないんだわ。なに冷静に自己分析しちゃってんの……。

続きを待っていると、さっきのメッセージから十八・三四秒後（重症）にまたメッセージが送られてきた。

【愛莉とまた遊んで？】

何……だと？

愛莉ちゃん……愛莉ちゃんかぁ。遊ぶっていうのはこの前お邪魔したときみたいな感じで良いんだよな……。え、いやちょっと待ってそれ結構難易度高くない？　サラっとまた夏川ん家行くことになってる？　いやいや落ち着けよ、そう簡単に女子が男を家に上げるわけねぇだろ？　なんか前回は特別な事情だったっぽいし、そう易々と俺があの聖域に立ち入れるはずがないんだよ。

【えっと……？　愛莉ちゃんがシルバニアファミリー欲しがってるから買ってくれってこ

と？】

【一言も言ってないんだけど】

【あれ】

あっれ、解釈間違ったかな……まさかあれか？　前はぶつかり稽古っぽいのしたし、スリルを求めてんのか。意外と趣味が男の子寄りなのかもしれない。

【ライダーベルトの方だったか】

【一言も言ってないんだけど！】

……あれ？

怒る夏川。何かすっげぇ可愛い怒ったスタンプ送って来て叫びたくなってる。愛莉ちゃんは女の子だからそんな男の子っぽい扱いするなとの事。や、ホントはそうだと思ってたんだよ。あんなに可愛い愛莉ちゃんが男の子みたいな趣味なわけないよね。知ってた。知ってたよ？

【愛莉ちゃんをどれだけ楽しませられるかお手並み拝見ってとこか……】

【だから違……くないけど！　何で自分でハードル高くするのよ！】

【愛莉ちゃん欲しいもん無いの？】

【お金使おうとしないで！　させないからね！】

えっ、お金使わなくて良いの？（重症）

マジかよすげぇ優しいじゃんこれホントに罰？　もっと従僕的な感じのが来るかと思ってたわ。んでもってたぶん喜んで引き受けてたわ。でもそれどうなの？　個人的に夏川に関わるだけで全部ご褒美みたいなもんなんだけど。

【愛莉ちゃんと遊ぶ事は罰じゃねぇだろ】

【私、姉失格ね】

【おん⁉　突然どうした⁉】

え？　え？　なにその切り返し？　二秒で返って来たんだけど。俺にとっちゃ全く罰になってないって話で……あれ？　言い方ミスったかな？　夏川さん落ち込んじゃったんだけど。

【罰を受けるべきなのは私の方かもしれない】

ええっ⁉

急展開すぎる……！　何で急に後ろ向きなんですか！　いつもの夏川さんどこ行っちゃったの？　胸張って自分は妹想いの優しい姉なんだと言って良いくらいのシスコンだと思うけど。俺はどんな夏川さんでもオッケーですよ！

【夏川、この話いったん保留にしよう。ゆっくりで良いから】

【……わかったわ】

夏川愛華という美少女の刺激しちゃいけない部分を突いてしまった気がする。そして今の表現に若干興奮を覚えた俺は地獄に落ちるべきだと思った。よく解らんけど夏川にはとりあえず冷静になってもらおう。このまま話してると良い意味で俺もダメージを受けて耐え切れなくなりそうだ。うへへへへ。

【いやぁ、へし折ったねさじょっち】

夕方。部活を終えて怒りの収まった芦田から個人的な謎メッセージを頂いた。訳が解らなかった。

◆

次の日のバイトは何だか体の調子が良かった。何故かって言われればやっぱり朝四時にけたたましい通知音で起こされなかった事だと思う。今日も起こされてたら本気で早朝に山崎の家にカチコミしてたわ。睡眠ってやっぱ大事。

「佐城くん、三番の棚の列に空き有ったかね？」

「確か……A番の棚が結構売れてて、二十冊くらいなら余裕で収まると思いますよ。やっぱ古本っつっても最近のものが人気なんすかね」

「あぁ、最近の本ならまだしもこの時代……古いのはインターネットで見れたりするからね。しかも現物以下の値段と来た」

「あー……え？　それ大丈夫なんすか？」

「佐城くん。世の中にはな、生の本じゃないと満足できない人が居るんだ。決して大衆じゃないがね」

『読書家っぽいっすねぇ」

まぁどちらかと言えばこの店はマニア向けか。個人経営って点が気に入ってんのか、時々俺には理解できないようなレベルの気難しい客が来るからな。

「最近の技術も馬鹿にできないけどねぇ、仕事は楽になったし」

「そうそう、そういうのが増えてくと若者としても嬉しいっす」

爺さんがこの店を開いた時に購入したらしい個人経営向けのレジ。二週間分の売却履歴が見れるんだけど、今まで手書きでリスト化していたらしい。だがしかし！　俺が暇つぶしにポチポチしてたら、その履歴をＵＳＢメモリに出力できることに気付いたのだ！　表計算ソフトに移せたよ！　やったね！

それをきっかけに奥さんがパソコン教室通い出したからもう大丈夫だと思う。

「夏休みが終わる頃には奥さんも基礎は極めてるでしょうし、俺が抜けた後ってバイトどうするんすか？」

「雇う。佐城くんのような子でも、若者が居ると店の見栄えも変わるからなぁ」

うんうん――ん？　思わず頷いたけど今ちょっとトゲ無かった？　何か引っ掛かりを覚えたぞ？

「実はなぁ、もう募集かけてんだ」

「ああ、そういえば入り口に貼り紙が」

「そうだ。早めに出したし、せめて夏が終わる一週間前までには来て欲しいなぁ」

「何とも言えませんなぁ」

「何だその話し方は。若者らしくない」

呆れた様子の爺さんに背中の真ん中を叩かれた。結構しっかり叩いたな爺さん。よく見たら筋張った腕してんだよな……俺より筋肉あるんじゃねぇの？　てか外で見かける爺さんたちって割と腕の筋肉凄いよな。若い時代の日々の薫陶がうかがえるわ。

「じゃ、残りも宜しく頼むよ」

「あいあいさ」

「ふっ、あの時を思い出す返事よ」

変わらないトーンで店の奥に引っ込んで行く爺さん。あの時っていつよ？　流石に生まれたの戦後だろうに。歳とか訊いてないけど、まさかあんだけ喋れて八十超えてたりしないよな……？

爺さん長生きしてくれい。

気を取り直して仕事に取り掛かる。爺さんが置いてった紙袋には商品登録の終わった古本が入っている。それを棚に並べて、後は上がりの時間までレジ番するだけだ。

「今日はちょっと多いな」

最近まとめ売りした客がきたのか、二十冊近い小説が入っていた。それも見た目は新品に近いうえに、帯まで付いたままの始末。最近の小説みたいだけど、元の持ち主はちゃんと読んだのかね……？　まぁいっか。

「『河島嶺二』、『小田島せいじ』……ここか」

五十音順を逆行するように棚の隙間を埋めていく。順番を間違えると割と小煩い説教が飛んで来るから用心深く作業しなければならない。店は狭いから客が来たらすぐ分かるし、一人で無心に作業すんのってやっぱ良いなぁ。

「――あ、あの……」

「ん……？　あ、はい何でしょ？」

しゃがんでいると蚊の鳴くような声が聞こえた。そういや何か影が差したなと思って右を見ると、黒いワンピースの小柄な女の子が俯いた状態で少し離れたところに立っていた。内気なんだなって一瞬で理解できた。

あと声が可愛い。これ重要。

「……あの……表の――――え？」

「はい……ん？」

んん……？　あれ、この子どっかで見たような……。気のせい？　紙か画面の向こう側に居るあの子に似てただけ？　やべぇじゃん重症じゃね？　目ぇ覚ませよ俺。異次元に彼女作ったところで触れてもざらりかつるりとしかしねぇぞ。

……あっ。分かったわ。

「……はい、何かご用でしょうか？」

「え……」

顔の半分が髪の毛にすっぽりと収まったミニマムな感じを見て気付いた。どっかで見たと思ったら、学校で隣の席の一ノ瀬さんだった。

この子たぶん俺のこと嫌いなんだよな……騒がしい奴とか思ってるわきっと。後ろの席の芦田がちょっかいかけて来て俺も騒いでたりすると隣で本読んでる一ノ瀬さんの方から視線感じるんだわ。口元への字だったし、絶対迷惑がってるんだよ。

それはそれとして、このタイミングで初対面のフリをできた自分に拍手(はくしゅ)を送りたい。こういう系の女子って多分騒がしいのとかマジで無理だろうし、このタイミングで『あっれー？　一ノ瀬さんじゃんマジレアキャラ～』なんて言おうもんなら無言で逃(に)げられるだろ絶対。

どんな大人しい奴でも相手が店員なら多少は強くなれるだろうし、ここは俺が店員(クラーク)としての役割(ロール)を全う(プレイング)するのが吉(きち)だろ。目醒(めざ)めよ……！　我(わ)が内に潜(ひそ)むクレバリークラーケン！

イカじゃねぇか。

◆

沈黙(ちんもく)が続いた。まあ見るからに引っ込み思案なんだろうなってのは解るから別に疑問にも思わない。下手に俺の方から動くのは下策(げさく)な気がしたのでそのまま止まっている事にした。

「……あの……えと………」

「はい」

「……入り口の、募集を見て……」

「あ、そうなんですか――え？」

え、アルバイト募集？　え？　マジで？

それを見て来たって事はここでアルバイトしたいって事だよな……一ノ瀬さんが？　一応接客業なんだけど大丈夫かね。

「――分かりました。店長呼んできますんで、待っててくれます？」

「……はい」

ホントに大丈夫かな……。

◆

「おお、そりゃ深那(みな)ちゃんだ」

「え、知り合いなんすか？」

「君はいつも昼には帰るからな。いつもおやつ時にやって来る常連のお嬢(じょう)さんだよ」

「おやつ時……」

三時のおやつってか。最近聞かない言い回しだけど今の子供にも通用すんのかね？　同世代にも通じなかったりして……。

　てか一ノ瀬さんってそんな名前なんだな……うん、良いんじゃね、声可愛かったし、柔らかい感じのぴったりの名前じゃん。知り合いがやってる店だから応募しに来たってところかな。

「マジかよ深那ちゃんか。わしは幸せだなっ」

「あ、はい」

テンション上がったらヤングになる爺さん。特に〝マジで〟は結構耳にする。相当嬉しいんだろうな、若干曲がってた腰はどうしたんだってくらいスタスタ歩いてんだけど。

　爺さんに付いて行く。ぶっちゃけ気になる、一ノ瀬さんが喋ってるとことかマジでレアだからもっと見てみたい。てかいっつも此処で爺さんと話してんのかな？　そんな簡単に心開くタイプには見えないんだけど。

「採用だ！」

「あの店長？」

　早くないですかね？　一ノ瀬さんが「え？　え？」ってなっちゃってるよ。ちゃんと話し合った？　多分これ出会い頭に言い放った感じだよね。おいちょっと待てよ俺の時もっと細かい部分まで色々話し合ったでしょうが。

「店長。俺店内見とくんで、奥にどうぞ」

「おお！　気が利くな若人よ！」

「あ、あの……」

前髪で目が隠れてるけど一ノ瀬さんの表情を読める気がする。『ホントに？　ホントにもう採用なの？』って考えてるに違いない。てか一ノ瀬さんじゃなくても誰でも戸惑うわこんなん。書類提出しただけで採用されちゃったとかブラック企業かよ。

「さぁ奥へ深那ちゃん！」とテンションぶち上がってる爺さんの後ろを何とか遅れずに付いて行く一ノ瀬さん。口元から相変わらず戸惑った感情が読み取れる。横を通りすがった際に、俺と目が合った気がした。

こういう小柄な子が急ぐとピョコピョコって擬音が聴こえちゃうように思うのは何でだろう。てか同級生にその擬音ヤバくね？

「すいませーん、『月刊ミュータント』ってここ置いてないですか？」

「何すかその本」

まあ何にせよこの古本屋に新しいアルバイトが増えたのは良い事だ。一ノ瀬さんって点が驚きだけどそんな難しい仕事じゃないし、夏休みが終わったら俺も心置きなく抜けられるってもんよ。爺さん、ちゃんと日程調整してくれるよね……。

あ、お客さんここ雑誌は無ねぇんすわ。

◆

さて、一ノ瀬さんの来訪によって寿命じゅみょうが三年ほど延びた爺さんですが、孫を愛めでるような態度に話が全く進まず、奥さんに選手交替したとの事。爺さんは落ち込みながらも嬉しさを隠しきれない様子で古本にラベルを貼る作業を進めております。

「じゃあ俺、そろそろ上がりますね」

「おーう、今日も助かったよ」

いつもと同じ掛け合いのはずなのに爺さんのノリが違う。ちょっと鼻歌っぽいのがフガフガ聴こえるんだけど……歌謡曲かようきょく？　無駄むだにキー高めなのは何でなん？

未いまだに必要なのか謎に思ってる緑のエプロンを外す。私物を置いてる棚の方に行くと、住居の居間になってる部屋から奥さんの声が聴こえて来た。

「アルバイトに来てくれたのは嬉しいんだけどねぇ……その前髪は何とかならない？　接客するには相応ふさわしくないのよねぇ」

おおっと？　結構厳しいこと言ってんのな。話聞く限りじゃ奥さんも一ノ瀬さんの事を気に入ってるもんかと思ってたわ。まぁ事実、接客業には向いてなさそうだもんなぁ。

「お客さんに悪い印象を持たれたくないし、私が切ってあげましょうか」

「ぁ……」

「ちょ、ストップ。ストップです奥さん」

　思わず割って入ってしまった。

　あの爺さんと同じ時代を生きてきた奥さんだ。男は立てるだろうが同じ女性には厳しく、そして世話焼きという面が強い印象がある。でもそれを今を生きる女子高生に発動しちゃうのはちょっとマズい。多分だけど今時の女子って昔の五十倍は気難しいから。何がって、労基法的に。

　あの奥さん？　何で裁縫セット取り出したの？　糸切りか裁ちばさみしか入ってねぇんじゃねぇのソレ。

「あら、佐城さん。お疲れ様」

「あ、どうもです」

「こちら、一ノ瀬深那さん。彼女にアルバイトの説明をしてたところなのよ」

「そうなんですね、えっと……」

　一ノ瀬さん宜しく！　はマズいか。一ノ瀬さん的にはさっきまで思いっきり店員を装ってた奴がいきなり同級生モードになると萎縮しちゃうよな。えーと、だったらここは……。

「――初めまして。佐城って言います」

「えっ……」

ひとまず初対面のフリしとくしかない。同級生スタンスで行くと一ノ瀬さんからすれば〝いつも一人ぼっちで居る姿を知ってる同級生の男子〟だからな。特に前半部分が萎縮ポイント。爺さんのためにもこのバイトから一ノ瀬さんを逃すわけにはいかない。

「一ノ瀬さん、ていうんですね？　店長から話聞いたんですけど、中々の本好きとか？」

「は、はい……」

「本を読むときは前髪が邪魔ですよね。いつもはどうされてるんです？」

「あ……！」

爺さんが気に入ったからには奥さんも一ノ瀬さんを逃がすつもりは無いだろう。でも一ノ瀬さんがやっぱりやめますと言ったら話は別だし、ここはベストな着地点を提案せねば。黙ってたら一ノ瀬さん、されるがまま前髪を切られてしまいそうだし。

「い、いつもはっ……」

ごそごそとグレーの肩掛けポーチを探る一ノ瀬さん。髪留めのピンを二つ取り出すと、少し俯きながら長い前髪を六対四くらいのとこで分けて目が見えるように留めた。顔を上げたところで俺も初めて一ノ瀬さんの顔を見た。

「こ、こうですっ……」

「あら、結構変わるものね」

タレ気味な大きい目が顔を出した。何かしらコンプレックスがあって長い前髪にしてたんだろうけど、特におかしさは感じない。強いて言うならおでこが広め？　アニメ顔って言うんかな……高校生にしては顔が幼く見える。えっと……。

「朝のニュースとかで女性アナウンサー見ると思いますけど、多分長い人はこのくらい長いんですよ。流行ってやつです」

「あら、そうなのね」

や、まぁテキトーに言っただけなんだけど。女子アナ事情なんて欠片も存じておりませんわ。でもこうでも言わないと納得してくれなそうだかんな。これから女子アナの前髪に注目されたらどうしよう……。

「その髪形で行きましょう一ノ瀬さん。アルバイトする分には何の問題もないんで」

「は、はい」

顔を見た感想的なものは言わない方が良いかもしれない。正直何を言って傷付けるか分かったもんじゃないかんな。大丈夫、今までのバイト経験から仕事上の付き合いってのは

慣れてる。と信じたい。

「日程の調整次第っすけど、これから宜しくお願いします。じゃ、自分は上がらせていただきますね」

「あ、佐城さんちょっと。ぶどうが有るのよ持って帰りなさいな」

「え、マジすか」

流石奥さんと言わざるを得ない。気が付いたら俺はキンッキンに冷えたぶどうが二房も入った袋を片手にぶら下げていた。貰うか断るか決める時間も無かったやでぇ……。

「そうそう、そう言えばあの人ったらまた酷いのよ？　この前なんだけどね？」

「あ、はい」

あれ、ちょ、え？　何かすっごい会話始まったけど……あれれ？　俺今から帰るんだけどなー……ぶどう早く食べたいな？　なんて……もう袋ん中びっちょびちょだわ。一ノ瀬さんすっかり放置なんだけど。

「……えっと……」

どうする？　辞める？

10章 新人研修

「おはよ、一ノ瀬さん」

「あ……はい。おはようございます……」

翌日、バイトに来ると一ノ瀬さんが店の居住スペースという名のバックヤードに居た。一人だ。知らないはずとは言え、同い歳の女子にバイトの先輩となった俺が敬語を使うのはおかしい気がしたからフランクに挨拶してみた。たどたどしくも返してくれた事にホッとする。

てか知らないふり続けない方が良くね？　どうせいつか学校で会っちゃうしな、しかも隣の席。それに名前を聞いても気付かないとか相当失礼じゃん？　この辺で切り出すのが一番かもしれない。

「あー……えっと」

……待てよ？　ここで実は知ってたって言ったとしてどうなんだ？『何でわざわざそんな事を？』って感じになるよな……馬鹿正直に話したりしてみろ、めっちゃ一ノ瀬さんのこと暗い人扱いしてんじゃん。いやまぁ実際大人しすぎるなとは思ってるんだけど……。

「き、昨日帰ってからめっちゃ考えて気付いたんだけど……」

「……………？」

首を傾げる一ノ瀬さん。口が真一文字だから表情が判らない。前髪がファサッと――何それアジア系の店の暖簾みたいなやつかよ。指先でぺろんとしたい。声にならない叫びを上げて逃げられるとこまで見えた。

「間違ってたらごめん………学校で隣の席の一ノ瀬さん、だよね……？」

「……っ！」

警戒度が跳ね上がったのが解った。すっげぇ身構えられたんだけど何それ傷付く。確認する角度間違えたかな……一番不審に思われなそうな言い訳がコレだったんだけど。防犯ブザーとか持ってたりしないよね？　同級生なのに一発で捕まる光景が思い浮かんじゃう。

「あ、あんまり話した事ないけど宜しく……」

「……」

世界一無難な言葉を選んだ気がする。てか散々陰キャラ扱いしといて俺どもりまくりかよ。普段あんだけ芦田とか夏川とか四ノ宮先輩と話しときながら未だに女子に緊張しちゃうって何なの。もうマジ女子って何なの？　予想だにしないとこがガラス細工だったりするんだけど。パリーンしまくりなんだけど。

「……うん……」

おっせ！　返事おっせ！　ヤバい、もしかしたら相性悪いかもしれない。すっごい焦れったく感じる。

わかんないよぉ、文学少女超難しいよぉ……これ大丈夫か？　上手くバイトやってけっかな？　申し訳無さすぎて逆に俺が戦線離脱しそうなんだけど。

自然とお互いに一歩ずつ後退した。あまりに自然過ぎてムーンウォークしたんじゃねぇかと思うレベル。本当にやったとしても無表情決め込まれそうで怖い。

「おお来たか佐城くん！　今日から先輩として深那ちゃんを宜しくな！」

「う……嬉しそうっすね店長」

「わっはっは！　解るか!?」

突然後ろからデカい声で話しかけられて思わずビビった。今日の爺さんは肺活量が違う。まぁ自分の店に可愛らしい女の子が働きに来たら嬉しいものか。俺が店主だったらって考えると解らないでもない。俺の場合、事情が事情だけに素直に接しづらいんだけど。多分苦手に思われてるだろうし……。

や、待てよ？　これは俺の印象回復のチャンスなんじゃね？　学校では騒がしい奴だけど、実はちゃんとしてるんですよってところを見せれば時折感じる迷惑そうな視線をやめてくれるかもしれない。

「俺はいつも通りすりゃ良いですか？」

「余程の力仕事以外は深那ちゃんにも見せてやってくれぃ。くれぐれも邪な考えは起こさないようにな」

「何言ってんすか……」

「わっはっは！　冗談だ！」

こんな田舎の婆ちゃん家的な場所で変な気なんて起こす気にもなれない。てか若い男女に向かってそんな事言うのやめてくんねぇかな……気まずくなるだけだっつの。

でもそうか、今はもう爺さんは責任性高い仕事しかしてないから俺が教える方が都合良いのか……うへ、また迷惑そうな目で見られなけりゃ良いけど。でも結局は厳しい事言わなくちゃいけないいんだよな。

「あー……じゃ、まずは前髪かな？」

「ぁ……はい……」

うわすっげぇ嫌そう。やっぱおでこなんかな……可愛らしくて大変宜しいと思うけど、むしろそれが嫌すぎてたまらなかったりするのかもしれない。違うかもしれないし、やっぱそこはノータッチだな。藪蛇でしかないわ。

「そうそ。バイトする時はそっちで頼むね」

「……」

　顔色を窺うような視線と目が合う。これ顔の感想求められてる訳じゃないよね……？

どっちかっつーと変な感想を言われる事に怯えてる目だ。俺がそんな目を向けられるのはあまり無いから新鮮だな。ほら俺、いつもは窺う側だから。いやしっかし判りやすい……もしかして俺も夏川とか姉貴にバレてる？

　気付いてたとしても口に出せねぇもんな。「何で顔色窺って来んの？」とか相当嫌な奴じゃん。一ノ瀬さんに限らず誰でも嫌いになるわ。

「それじゃ行こうか。最初は昨日売れた本のリスト見ながら棚の整理ね。超簡単だから」

「……」

「あ～……俺の時は頷くだけで良いけど、お客さんに話しかけられた時はちゃんと返事して」

「は、はいっ……」

　ペンとメモは……要らないか。そんな仕事量でも無いし。ただ一ノ瀬さんの事だし、分かんない事があっても質問なんてして来ないと思って良いだろ。できるだけそこは配慮するか。ホントはそんなんじゃダメなんだけどな。

　こうして教える側になると意外とする事が多い事に気付く。何なら俺が店内の見栄えにちょっと手を入れたせいでする事が増えちゃってる気がする。ポップとか元々無かったもんな……いつまでも同じの貼っとくわけにはいかないんだよアレ……。

　途中で問題発生。一ノ瀬さんの身長じゃ本棚の上の方が届かないっていうね。そこは踏み台使ってもらうんだけど心配でならない。だってこの子普通に歩いてるだけでフラついてるように見えるんだもの。

「こ、このくらいできますっ……！」

「ダメ。そう言って踏み台使ってよろけて俺に受け止められて良いの？」

「そ、それは…………いやぁ」

　あらやだ、心が痛い。　※自爆
　さすが俺だわ。逆の意味でさす俺だわ。でも思ったより傷付くからもう言わないでおこう……てかどこに自信発揮しちゃってんだよ。

「そうだそうだ！　深那ちゃんが怪我すると危ないから儂がやる！」

「店長も控えてくださいよ……だから俺を雇ったんでしょ？」

「うっ……」

　奥さんから怒られるのは俺だ。その場でググってみると二段式の踏み台が存在する事に気付いた。これなら前にフラついても本棚があるし、後ろにフラついても片足だけ一段下りればバランスが取れる。横に倒れる事は無いだろうし、安心感が違いそうだ。後で奥さんに相談してみよう。

　爺さんは……安定感より腰が心配だわ。やっぱ無し。

「んなもんかな。後はダルいダルい接客だな」

「コラ。客が居ないとはいえそんな事言うもんじゃない」

「あ、すんません」

　爺さんも客って呼び捨てにしてるけどな。まぁご年配の爺さんにぞんざいな扱いされたところでそんなもんだろうって納得できちゃいそうだけど。流石に偏見か。

「もう開店してるし、いつお客さんが来てもおかしくないから。とりあえず一ノ瀬さんはさっきまで教えた事を活かして整理整頓かな。俺は接客と高いとこやるから。レジする時は俺の横について、最初は見学ね」

　面倒な客は時々来るし、面倒って程じゃないけど変わった客はもっと多い。でもこの店は少ない方だと思う。爺さんにいちゃもん付けたところで爺さんは怒鳴り返すだけだからな。あんま意味ないいんだ、一回だけ見た事がある。てかどっちも駄目だと思う。

「あとは……あぁ、アレも要るかな」

首かけのネームカード。新しいのを取り出してでっかく〝研修中〟と書き込んだ。この保険が無いと今の一ノ瀬さんならお客さんに苛立たれてしまいそうだ。テンパるあまり何も言えなくなりそう、爺さんが逆に怒鳴り返す未来まで見えた。いやぁ、それはマズいだろ……。

俺の時はこんなん無かったんだけどね。客に質問されても上手いこと爺さんに丸投げしてたし。

「ほい。あ、ごめん」

「……」

コクリと頷かれる。

俺が勝手に世話してる気になってるせいか、思わずネームカードを一ノ瀬さんに掛けてしまった。手渡して自分で掛けてもらえば良かったなぁ……すっげぇ硬直された。心の距離やべぇな、ここから俺ん家くらいまであんだろ絶対。

こんな子供扱いしてる俺も俺かね……。

「一ノ瀬さん、ここまでで何か解んない事あっかな?」

一応訊いとこう。どうせ訊かれないだろってスタンスだけど、このパスを待ってた可能性もあるし。

「……えと」

——あ、これ特に無いですね……。無いなら無いでそう言えば良いんですよ！　これね、時間空けるほど気まずくなっちゃうやつだから！　ほらＳａｙ！〝特にありません〟！

「…………あの」

「特に……？」

ありま——？

「……ないです」

こんな息合わない事あるかね。

◆

誰しも黙っちゃう時はあると思う。例えば知らない人だったり特に仲が良いわけではないグループに放り込まれたりしたとき。学校の席替え直後とか偶に〝俺と俺以外〟の感じになっちゃうときがある。まともに話せるようになるまでそこそこ時間が必要だったりするんだよね。

「………」

「………」

場末のサウナかよ。焼け石が有ったら水掛けまくってるわ。ぜってぇ一ノ瀬さん行った事無いだろうけどね。

『休憩取っちゃいなよ』と、爺さんからどこぞの社長みたいな言い方で裏の居間に連れてこられた。でも特にする事も無いのに二人きりにすんのはツラいぜ爺さんよ。机の片側の真ん中に座ったら向かいの端に座られちゃったんだけど。心ズタズタなう、思わず笑っちゃいそうだわ。

俺も一ノ瀬さんも何もしないのは爺さんが『親交を深めなさい』って言って去ってったからだ。ここでスマホ取り出そうもんなら爺さんから叱咤されるのは間違い無し。一ノ瀬さんも何となく爺さんの性格が解ってんだろ。

一ノ瀬さんは読書家だ。だったら本を話題にして話せば良いんだろうけど、いつもブックカバー被せてんだよな……もしもベタベタな恋愛小説だったらどうする？　気まずいだけだわ。ラノベだとしても人に堂々と言えるタイプの性格じゃなさそうだし、もしかして人には言えない類のものだったりして……。

あ、でも一ノ瀬さんが何をしたいかっつったらやっぱ本を読むことなんだろうな。

「あ〜っと、一ノ瀬さん」

「！　は、はい……」

「本、読んでて良いよ」

「で、でも……」

「店長の事は気にしないで良いよ。俺もスマホ触っちゃうから」

「は、はい……」

殊更この状況において言えるのは俺も〝話し下手〟っつーことだ。だったら下手に話すより各々好きなことやってた方が幸せなんじゃねぇのと思うわけだよ。ほら見なさい、一ノ瀬さんいそいそとポーチから小説的なの取り出してるじゃないの。前髪分けてるの忘れてるのかね、普通に嬉しそうな顔してるわ。

俺もゲームアプリでもしますかね――――あれ、メッセージ来てる。

【罰じゃないけど愛ちゃんには会いたいなー】

【ほ、ほんとう……？】

お、お前ら……また俺の居ないとこでイチャイチャしやがってッ……良いぞもっとやれ！　佐城はいつまでも見守っていますよ！　マジこのグループあれだから。軽く君らのアレの覗き場だったりするから。

【今日昼に部活終わるんだけど、シャワー浴びたら行こうかな！】

【うん！　待ってる！】

聞きましたか皆さん……『うん！　待ってる！』ですって。男が女子に言われたいセリフの上位に食い込むやつ、ですよ！　お前らッ……ホント、マジお前らッ……！　芦田ァッ！　待たせたらどうなるか解ってんだろうな⁉

「――――こりゃ！　何を二人して自分の世界に入っとるか！」

「うわっ⁉」

「……⁉」

急に怒鳴られて仰け反っちまった。驚いて見上げれば爺さんがムッとした顔で俺たちを見下ろしていた。どうやら親交を深めていない事に不満を感じてるらしい。

せやかて店長。

「とはいえ店長。急に二人きりにさせて仲良く話しなさいは無理ありますよ。お互い察し合って、居心地の良い空間を探った結果がコレなんで」

「む……」

そうだそうだ！　仮にもほとんど話したことない二人を放ったらかしにする方が悪い！……と自分で自分に同調して心の中で吠える。お見合いの時だって仲人が必要でしょ？

それから〝後は若い者同士……〟ってやつでしょ？　あれ現実で言う人居んの？

「さて……休憩も一息ついたし、残りも頑張りますかね」

「……」

話題を変えるように立ち上がる。一ノ瀬さんと心が一つになったのは多分今が初めてだろう。手早く栞の紐を挟んでポーチに仕舞うと慌てて立ち上がってくれた。あの紐って確か〝スピン〟って呼ぶんだよな、このバイトに就いて初めて知ったわ。

「教える事はしっかり教えるんで、任せてくださいよ」

「まぁ……上手くやって行けるのなら……」

渋々な様子で爺さんは納得してくれた。誰も彼もが仲良くなれるとは限らないんだよ多分。俺と一ノ瀬なんかはこの距離感が良い塩梅だって。

先に居間から出るとトタトタと駆け寄って来る一ノ瀬さん。え、何それ可愛いと思った時にはハッとした様子の彼女から二、三歩距離を取られていた。ちょっと残念だなって思う自分が居た。しょうがないじゃないっ……！　可愛い女の子に近寄られたいのは男はみんな同じでしょッ!?

露骨な警戒に苦笑いを隠せない。何となく一ノ瀬さんからの評価は理解しているため、気にせず取り直して先輩ぶってみる。

「ぶっちゃけ業務は教えたから、後は接客に慣れるだけだね。どうせお客さんも少ないし、ちょっと練習してみようか」

「え……」

春休みの時にコンビニバイトでやった練習法、〝ロール〟。店員になりきって仮想のお客さんに接客する練習法だ。いきなりやってもらうのは酷だろうから、先にある程度説明しておく。

「――てな具合で案内するのが無難かな。どうしても分からない時は『店長に確認しますので少々お待ちください』で大丈夫だから。できそうかな？」

「は、はい……」

「じゃ、俺お客さん役やるからそこ立っててね」

「え……」

店前に出て近寄って来るお客さんが居ない事を確認し、改めて店に向き直る。お客さん役だし緊張する必要も無いかと高を括り、自動ドアの先に足を進めて店員さんの元に向かう。

「すんません、『河島嶺二』の『夏の嵐』って有ります？」

「あ……え、えっと……その……」

「……」

いったん黙って待ってみる。予想はしてたけど一ノ瀬さんはまともに返答できずオドオドするばかりだ。でもさっきこんな場面で言うべき定型文は教えたから接客できない事は無いはず。どうにか絞(しぼ)り出せれば良いけど……。

「あの……その……」

「……」

もじもじする一ノ瀬さん。視線を上下させ、時折俺と目を合わせては怯(ひる)むように俯(うつむ)き、その場でただもじもじするだけの時間が続く。俺が教えた言葉は出てこない。

あ、あれ？　おっかしいな何だろうこの感じ……何かイケないことをしてるような感じがして不快とかそれ以前の感じになってる気がする……この感情は……何だ？（興奮）

「……うぅ」

「あ、アウト〜」

アウト〜じゃねぇよ。アウトのトーンじゃねぇから。そこは不快になるとこじゃねぇの？　言いようもないときめきが俺を襲(おそ)ってんだけど。ちょっとこれ以上もじもじすんのやめてくんない？　俺の鼓動(こどう)がトゥクトゥクトゥクトゥクうるさいんですけど。

「一ノ瀬さん……？　さっき教えたやつをね……？」

「……す、すみません……」

お、落ち着け俺……！　俺は良いかもしんないけど不快に思うお客さんは絶対居るはずだ！　甘やかすわけにはいかない……！　ここは心を鬼に——いや阿修羅にして！　そう、俺は神になったのだ！

「か、『河島嶺二』の……『夏の嵐』……ですね？」

「お、そうですすそうです」

ちょっと間が空いたけどいったん通してみよう。もっかいお客さんを装って返事をしてみる。一ノ瀬さんは俯きがちだけど一生懸命さが伝わって来る。まぁこれならお客さんも不快には思わないかなぁ……。

「こ、こちらです……」

一ノ瀬さんは目を泳がせながらくるんと後ろを向いて案内し始める。これが漫画だったら頭の先から汗がぴょっぴょっと飛び出してる描写が有るだろう。一体この庇護欲は何だ……？　今人生で一番優しい目をしてる自信があるんだけど。

「え、えっと……えっと……こ、これの事でしょうか」

「合格」

「え……!?」

やっべ。反射で合格させちゃったわ。一ノ瀬さんの小動物感が強過ぎて思わず甘やかしちまったよ。とりあえず及第点って事にして問題点は指摘させてもらうか。

「一生懸命さは伝わるからお客さんも大丈夫なんじゃないかな。ただ間違った案内はしないようにね、分かんなかったら直ぐに店長呼んじゃえば良いから」

「は、はいぃっ」

『あー、何かすっげぇ頑張ってんなー』ってなると思うからお客さんの機嫌的には別に大丈夫だと思う。ほら人って自分より動揺してる人見るとかえって冷静になるから。広い心を持ってくれるだろうよ。阿修羅、許しちゃう。

「お？」

「っ……」

そんな事を考えてると、自動ドアの方から鈴の音が響いた。お客さんが入って来た合図だ。

「レジ行こうか、一ノ瀬さん」

「は、はいっ」

思ったより頼もしい返事だ。まぁ俺も含めアルバイトだし、やる気があって逃げ出さないというだけで十分なのかもしれない。高校生のバイトなんざ、多くは簡単なもんばっかだからな。そう考えるとコンビニバイトが一番高難易度だったかもしれない。

とりあえずレジ機の前に立っててもらう。その間に俺は棚の下の整理だ。一ノ瀬さんを放置する感じになっちゃうけど、レジ機のボタンの配置を眺めるだけでも今は意義があるだろう。

「は、はぅ……」

「……?」

棚下の包装紙を整理していると、頭上からえらく頼りなさげな声が聞こえた。見上げるとそこには細身のスラっとした人が。チェック柄のシャツをジーパンにインして四角めの眼鏡を掛けている。

レジカウンターに二冊置くと、キラリと眼鏡のレンズを光らせてクッ、と一ノ瀬さんを見た。てか本買うんかい。

「『三島由紀夫』が無いとは古書店の風上にも置けませぬなぁ」

古書店じゃねぇし。てかやべぇキャラ濃いおっさん来た！

「甘美な性を表現する傑作たる『音楽』！　許されぬまぐわいを美しい芸術に変えて見せた彼の存在を抜きに古書店を名乗るとは言語道断たる所業ですぞ！」

「あぅぅ……」

え、怖っ——怖い怖い、何言ってんのこのおっさん。それに切り揃えられたロン毛がテラテラしてんだけど？　いや無理だわ一ノ瀬さんのキャパをフルバーストでぶち抜いてるわ。そもそも最初はレジ打ち見せるつもりだけのはずだったし。

即座に立ち上がり、横から一ノ瀬さんの立ち位置を奪ってレジカウンターに置かれた文庫本を手に取る。努めてフラットな視線で高等遊民クサく忙しない黒目を真っ直ぐ見つめると、睨まない程度に眼力を入れる。

「うぃっす、こちらの二点っすね」

「むッ……!?」

「ぁ……」

言ってることはよく解んねぇ。けど商品をレジに持って来たのは確かだ、ここは当たり前の対応をこなしてさっさと去ってもらおう。チャラめにいった方が良いか……？　せめて空気感だけでもコッチのモノにしないと。

「ブックカバーはお付けしますー？」

「うっ……た、頼めますかな」

「うぃーす、二冊で二百二十円っすー」

「う、うむ……」

謎のお客さんXはバリバリっとバリバリバリテープの財布を捲ってジッパーを開け、千円と二十円を銭置きではなくレジカウンターの上に直接散らばした。普段ならイラッとする場面だけど今はどうでもよく感じる。一刻も早くこのやり取りを終えたい。

包装袋の持ち手をおっさんに向けていつも以上に丁寧に手渡すと、レジからお釣りを取り出してもっかい目を合わせる。こういった客は隙さえ見せなければ何とかなるんだ。ヤンキー相手だと逆効果かもだけどね。

「八百円のお返しっすー、あざしたー」

「……確かに受け取った」

ファサッとロン毛を振りながら身を翻し、おっさんは真っ直ぐ店から出て行く。自動ドアが開くと同時に鳴り響く鈴の音に超ビックリしてサイドステップを踏んでいた。やだすごい機敏……。

よく分からんけど上手いこと対処できたようだ。

「……すげぇ客だったな」

「……」

「あれ、一ノ瀬さん？」

「………ふぇ」

「え……？」

目を見開いたまま固まっている一ノ瀬さん。話しかけても返事が無いから覗き込むように窺ってみると、か細い声を発すると同時に肩を震わせ始めた。

あ、あれ？　ちょっとこれ……もしかしなくてももしかする……？　ヘイヘイヘイちょっと待て落ち着け！　キャパどころの問題じゃねぇな！　とりあえずこのままにすんのはマズいっしょ！

「一ノ瀬さん！　え、えぇっと根詰め過ぎた？　いったん居間の方に行こっか！　休憩しよ休憩！」

触れず寄らず目を合わせず。パーティー会場のウェイターのごとく腕をフルに使ってバックヤードに向けて誘導する。視界にキラッと見える透明の粒を見ないようにして先を行かせると、何とか居間の畳の上に座らせた。机の上にあるティッシュ箱を一ノ瀬さんの目の前に置き、急いで倉庫と言う名の納戸で作業してる爺さんの方に向かう。

「店長、ちょっとレジの方に向かってくれませんか。奥さんをお呼びしたいっす」

「何じゃ？　どうした？」

「ちょっと癖の強いお客さんに当たっちゃいまして。ぶっちゃけ一ノ瀬さん泣いちゃいました」

「何ぃ!?　深那ちゃんはどこに居る!?」

「居間に休ませてますが店長は行かないでください。こういうのは女の人が適してます」

「むっ、そ、そうだなぁ……あい解った。レジ見とくから頼んだぞ」

「どもっす」

二階に上がってパソコンのキーボードを人差し指で叩いてる奥さんの元に向かう。事情を説明すると、フラットな口調で『わかったわ』と言って一ノ瀬さんの元へと向かってくれた。心配だけど爺さんよりはマシだろ。

「…………泣いちゃったかー」

や、まぁあれは流石に無理ないけどね。バイト初日であんなん来たら俺だって泣きはしなくても狼狽えるわ。何なら警察呼んじゃってたわ。

「……………」

割と真剣に考える。最初は不慣れだったとしても一ノ瀬さんのアレは緊張とかじゃなくてメンタルの弱さによる恐怖や不安と言ったもんだ。今回のは仕方ないにしても小難しかったり神経質な客は少なくない。爺さんには悪いけど、この店に来るのはいかにも文学系の――言っちまえば弁が立つ系のお客さんっぽいのが多い。今のままじゃ付け上がらせる一方だと思う。

学校じゃいつも一人。読書をしてる横で俺や芦田が騒がしくしても多分こっそり視線を飛ばしてくるだけ。〝自分を守るための壁〟を否定するつもりはないけど、だとしてもクラスメイトですらそんな始末。この先、一ノ瀬さんは接客業を上手くやって行けるんだろうか……そもそも接客どころか奥さんや俺といった従業員間のコミュニケーションにも支障が出てるもんなぁ……。

「……俺の早とちりかなぁ………」

先に爺さんに相談してみよう、店長だし。バイトの先輩としては一ノ瀬さんの仕事っぷりを報告する義務なんかも多分あんだろう。何か良い案でも出してくれるかもしれない。

◆

居間の前を通りかかると、一ノ瀬さんの肩を抱いて慰める奥さんの姿があった。流石に泣いている女の子には優しいらしい。あの空間に飛び込む勇気は無かったので、レジ番をしてる店長の元に向かう。

「店長、あざっす。一ノ瀬さんは奥さんがケアしてくれてるんで大丈夫だと思います」

「そうか……佐城くん、どんなお客さんだったんだ？」

「いかにも文系ってタイプの、早口で何か哲学的な事をまくし立てる感じのお客さんでしたね。ですが正直なとこ似たようなお客さんは三日に一回くらいは対応してます」

「む……あの系統か。古い文学はわしも興味あってな……正直、割と彼らの言ってる言葉の意味が少し解る」

「え、マジすか」

知識をひけらかされてんのは何となく解るんだけど、俺が何も知らねぇもんだから謎の呪文の様にしか聴こえないんだよな。俺も文学少年になれば理解できんのかね……あの早口を聴く限り、知識の他にも内容を噛み砕くアタマも無いと意味無さそうだけど。

「あの……店長。このバイト、接客――ていうか、ある程度ああいうのを躱すスキルは必須っすよね……」

正直難しいとは思わない。躱すと言ってもこっちは機械のように手を動かしていれば大抵の客は引き下がる。俺は顔が似合ってなくて取り繕ってんのがバレバレになるからあんな風になったんだけど……問題はそれを一ノ瀬さんができるかどうかだ。

「そうだな……うむ、そうだ」

「っすよね……」

俺が抜けた後……楽なバイトとは言え接客の全てを店長に任せて他は一ノ瀬さんが――というわけにはいかない。そんなもんはアルバイトする人間としての義務を果たしていない。甘えだわ。幾らなんでも許されるもんじゃない。

言うか。言うぞ。

「店長。俺、一ノ瀬さん向いてないと思うんすけど……」

「なにっ、貴様あの子の上っ面だけで――」

「や、だったら店長も見てみますか。それで接客は全て自分が受け持つなんて言おうもんなら奥さんが黙ってないっすよ」

「………」

割と語気強めに主張する自分が居た。お客さんが居ないのは幸いだった、自分で自分のらしくなさにちょっとビックリする。確かにあの客はタチが悪かったかもしんないけど、思ったより俺は一ノ瀬さんの方にもイラついてんだと思う。つくづく相性が悪い。もしくは俺の心が狭いだけか。

世の中には向き不向きがあって、できないものはできないなんて人が居るのは頭で解ってんだ。だけど当たり前のようにできる最低限の会話を一から十まで世話してやんなけりゃなんない事に言いようもない焦れったさを感じてしまう。これは俺だけなんかね。

間違いだとしたら、俺の言い分を爺さんに真剣に受け止められるのが怖く感じた。

「深那ちゃんは……」

「?」

「深那ちゃんは――この店の可愛い常連さんなんだ……」

「……」

ぎょっとして爺さんの顔を見る。そこにはどうすりゃ良いか分からないと言いたげな表情が浮かんでいた。〝自分ではどうする事もできない〟と、そう言われているように思えた。

「……えっと」

初めて見る爺さんの〝弱い部分〟に動揺してしまう。いつだって強い人だと思ってたから正直信じられない、信じたくなかった。時折見せる頑固ジジイな部分は鬱陶しく感じつつも頼もしく感じていた。だから、今回のような悩ましい問題も同じくどうにかしてくれると思っていた。

「……奥さんは――」

言いかけてやめる。一ノ瀬さんの前髪を切ろうとした人だ。寛容さと卓越した人生経験はあるだろうが、〝一ノ瀬さん〟を察する事ができるとは思えない。同じ女だからと言って、何でもかんでも共感できるとは思えない。

「……あの、ちょっと一ノ瀬さんと話してみますね」

「ほ、ホントか……?」

縋るような視線を向けられる。年上、しかもご年配クラスの人にこんな目を向けられるのは初めてだ。今まで俺がどれだけ末っ子気質だったのかが解る。人に頼られるってこんなにプレッシャーなのか。嫌だ、ああ嫌だ。だから俺は生徒会も風紀委員もなりたくないんだ。

「すんませんけど……あんま期待はしないでください」

「……あいわかった」

一ノ瀬さんはいつも学校で一人だ。あの場所に拠り所なんてもんが在るわけがない。だけど少なくとも、この古本屋と自分を気にかけてくれる爺さんは間違いなく拠り所に違いない。そうでなきゃリピーターにはなんないだろ。

ここが――この場所が、この空間が嫌いになるなんて事があってはならない。爺さんのためにもだ。

だったらさ……もう一ノ瀬さんが内気だとかどうとか気にしてる場合じゃないよね。せめて、〝どう転んでも大丈夫〟な奴が言うしかないよね。

「だからね、泣いてばかりじゃ居られないのよ？　女たるもの、時には強くならないと――」

「あの、奥さん」

「あら佐城さん。今ね、深那さんにお仕事の心構えを説明してたの」

「はは、とりあえず泣き止んだみたいですね。わざわざありがとうございます」

「良いのよ良いのよ！　可愛い深那さんだもの！　笑ってる方が可愛いわ！」

「どもっす、後は任せてください」

「あら……？　でももう少しお話を――」

「ほら奥さん帳簿まとめてたじゃないですか？　そっちも大事かなって思ったんで」

「……まぁ、そこまで言うなら」

奥さんは一ノ瀬さんがまだ気になっている様子だ。爺さんと比べてどれくらい贔屓にしてるのかは知らないけど、今の一ノ瀬さんを放っておくって選択肢は頭の中に無いらしい。

それでも俺の言葉に耳を傾けてくれたのは、期待か、信頼か。どちらにしても勝手にプレッシャーを感じてる今の俺には重い。

一ノ瀬さんは泣き止んでいるけど黙ったまま俯いていた。目が下を向いている。奥さんの一語一句をちゃんと聴いていたかは判断できない。それでも聴いてもらわないと困る。

「相槌打つだけで良いから聴いてくれるかな？」

「……」

真正面に座る。内気な一ノ瀬さんにとっては他人を目の前にするのはきっと苦手だろ。それを解っててこうする俺に罪悪感は無い。もう一ノ瀬さんに好かれようとする気持ちがあまり無いからだ。

「さっきのお客さん、変な人だったよね？　ああいう人ってさ三日に一回くらいの頻度で店に来るんだ。流石にあそこまで変な感じじゃないけど」

「……」

一ノ瀬さんは俯いたまま視線を左右に揺らしてコクリと頷く。一応俺の話は聴いてくれているようだ。

「最初で不慣れだから当然接客なんてできないよね。それは仕方ないし、怖かったら泣いちゃうのも仕方ないよ」

目の前の顔が恐る恐るといった感じでそっと上がる。俺と目が合うと、びっくりした様子でわたわたしてから何も無い所に目を向けた。この程度でまた泣く事はなさそうだ。

うん、ごめんね？

「ああ言った早口でいかにも論理的っぽいお客さんはね、俺がやったみたいに、頭悪そうにちょっとチャラい口調で話すと効果あるんだよ。男っていう点もあると思うけど、小難しい言葉が通じない奴って思わせると黙ってくれる」

「ぁ……」

「一ノ瀬さんだったら、そうだな……逃さないくらい真っ直ぐ目を見て、ちょっとギャルっぽい態度を装うと怯んでくれたかもね。人によっては難しいかもだけど」

コンビニバイトの時に培った経験だ。ちょっとチャラめの奴って思われるだけで、お客さんは勝手に俺の事をダメな奴と舐めて接して来る。一見何してるんだって感じだけど、付け上がって絡んでくる面倒な輩は居ない。何故ならお客さんからしたら俺に絡む方が面倒だと思うからだ。ただし、同じくチャラめに絡んで来たらそのまま突っ切るしかない。

むしろ、清廉潔白で真面目な奴は些細なミスで粗が目立ってしまい、こっ酷く怒られてしまう。

「接客ってやっぱ難しくてさ。面倒なお客さんじゃなくてもありのままの自分でっていうのは結構無理があるんだ。それなりに取り繕わないと、直ぐに機嫌損ねて怒っちゃうんだよ」

このバイトはそれを差し引いても楽だ。時給が安いからってのもあるけど、それでも接客の負担を感じさせないくらいあっさりしてる。だから俺はこのバイトを面倒には感じない。将来は絶対に接客業に就かないけどな。

「――で、話なんだけどさ。一ノ瀬さん、いつかそれできる？」

「え……」

「さっきも言ったけど、お客さんに合わせて表面上だけでも取り繕わないといけないの。ハキハキと喋るのが苦手でも、ちゃんと自分はデキる人ですよって見せないといけないんだよ」

接客業においてはアルバイトでも最低限のスキルだ。そもそも世の中のほとんどのアルバイトが接客業だろ。アルバイトがしたいならまずその能力が身に付いてなきゃなんない。多少未熟でも慣れで何とかなるけど、私生活からオドオドしてるようじゃ話になんない。

「――できる？」

「……あ、ぁ………」

どう答えれば良いのか判らないのか、一ノ瀬さんは視線を右往左往させて口をパクパクとさせた。時折、俺を縋るような目で見て来るのは優しい言葉を期待しているからか。

いやぁはっはっは………イラッとすんなぁ。

できないのは仕方ない、だったら自分にできる事をすれば良い。それは間違っちゃいない事なんだろうけど、何事も全てそれで罷り通るほど世の中甘くできちゃいねぇんだよ。イヤイヤでも強制的でも、五体満足でまともな頭を持ってんなら周りがそれを素知らぬ顔でできる以上はできなくてもやんなくちゃならない。

「――できないなら、向いてないね。お父さんお母さんから貰うお小遣いで我慢しなよ」

「っ……」

すっごい優しい声で言ってやった。ムカつくかな？　ムカつくよな。そうだよ、俺はキレた顔が見たいんだよ。感情剥き出しで俺を睨み付ける顔が見たいんだよ。少しは張った声出してみやがれよ。

「そもそも高校生でバイトする必要無いんだしさ、やめたら？　その方が良いよ」

「………」

一ノ瀬さんの目が揺れている。動揺しているのが解る。調子付いた俺の中に、もっと虐めてやりたい気持ちが芽生えた。居間から出た向こう、レジで、爺さんから向けられた縋るような顔を思い出す。

落ち着け、そうじゃない、そうしたいんじゃない。調子付くな。馬鹿でも先輩だ。不出来でも後輩だ。

「……」

「……」

空しさに襲われた。耐えきれず、思わず俺まで俯いてしまう。未熟極まりない〝間違った感情〟は少し落ち着いた。自分で認め受け入れた〝苛立ち〟はまだ残っている。何とか持ち直して、また一ノ瀬さんの方に目を向ける。

「……ッ………」

「……！」

……ほぉん。

不満そうな顔だ。少し黙ってる間に浴びせられた言葉の内容を咀嚼できたようだ。言い返す事もできず一方的に言われる気持ちはどうだろう、良い気分じゃねぇだろ。だったら言い返してスカッとするしかないよな？　でも悪いね、冷静に受け止められる自信無ぇわ。

「……あ、あれは言いがかり……ここは古書店じゃないから古本屋って訂正すべきだったと思います」

「客にマウント取んのは絶対にやっちゃなんねぇんだよ」

「ひっ……⁉」

解っていても、言って直ぐ頭が冷えた。今のは自分でも冷たいと思うほどの声だった。威圧的な態度は失敗だったと思う。俺がしなくちゃならないのは一ノ瀬さんに〝選ばせる〟事だ。選択肢を奪う事じゃない。解ってはいるんだけれども——。

「……そこは不慣れな一ノ瀬さんが気にするとこじゃない。この際、できるかできないかもいったん置いておこう」

目を逸らして話す。目の前に居る奴は言葉が乱暴な男だ。目を合わせたって一ノ瀬さんの頭は真っ白になるだけ。このバイトを辞めるか辞めないか、今は一ノ瀬さんに考えさせないと。

「克服なんかも考えなくて良い。これからも接客する気が有るか、無いか。首振ってくれるだけで良いからさ……答えてくんないかな」

「あ………」

十中八九、期待する返事は寄越してくんねぇだろ。正直なとこ、このまま辞めてくれた方が一ノ瀬さんにとっても爺さんと奥さんにとっても良い気がしてならない。お客さんとして来る一ノ瀬さんに爺さんが甲斐甲斐しく声をかける程度が丁度良いんじゃねぇの。それが心地好いからリピーターになってんだろ？　古本くらい親が買ってくれるんだろうしさ、もう楽になったらどうなのよ。

「……――やです」

「……え？」

「――いやですっ……やめたくないですっ！」

「………は？」

恨みがましい睨みを涙目で向けられた。初めて見る強い感情。

え？　何で？　割と序盤で心折れてなかった？　ここまで言われてほとんどまともに言い返す事も出来なくて、何で〝やめたくない〟なんて言葉が出てくんだ？　泣き叫びながら言わない辺りヤケクソでもなさそうなんだけど。どういうこと……？

「で、できるようにしますからッ……！　やめさせないでくださいっ！」

震えながら、泣くのを耐えるように小柄な体で後ずさった一ノ瀬さんは居住まいを正して中々のボリュームで声を出し、額を畳にくっ付けた。

土下座である。もう一度言う、土下座である。

「――ちょっとぉ⁉」

え⁉　ちょ、あの――えぇえッ⁉　何してんのこの子⁉　突然こんな事ってある⁉

ごめん俺ただのアルバイトなんだけどぉ⁉

「ちょ、顔上げて！　マジで！　ホントお願い！」

え、何この罪悪感？　急に心臓破裂しそうなんだけど？　てか状況がよくわからない。何で突然土下座？　そんなに俺怖かったかな？　そんなに威圧しちゃったかなぁ⁉

ひえええっ‼　お願いだから顔上げてぇえええ‼

「お、俺ただのアルバイトだから！　一ノ瀬さんを辞めさせるとかできないから！」

「な、何でもできるようにしますからっ……！」

「わかったわかった！　やる気が有るのは解ったから顔を上げて！　そのままで居られる方が困るんだよ！」

そこまで言ってやっと一ノ瀬さんが顔を上げた。不安げに揺れる潤んだ瞳と視線が交わる。慌てて誤魔化すように何度も頷くと、一ノ瀬さんはホッとしたように目を細めた。もう最後の方とか怒鳴りながら「顔上げろ」っつってたわ。

「な、何だッ⁉　何があったんだ⁉」

「何でも無いですから！　店長大丈夫です！　一ノ瀬さん続投です！　明日も初登板です！　大谷です！」

「ほ、本当か⁉」

「本当です！」

あっ……ぶねぇッ!!　あと一歩遅れてたら俺の方が首チョンパだったわ!!　いや寧ろこんな内気な子に土下座させた俺何なの!?　ガチでギロチンカット食らった方が良いんじゃねぇの!?　リアルにコンプライアンスぶち破ってない!?

「い、一ノ瀬さん!　やる気あるんだったら明日から頑張ろうな!?　な!?」

「は、はいぃっ……」

怯えた目で返事される。何だろう、この死にたい気持ち。俺、今日無事にお家まで帰れるかなぁ……?　ふらふらっと危ないとこに飛び込んじゃいそうなんだけど……。

「そうか……それなら良いんだ。もう時間だし、二人とも上がると良い」

「あ、いや、まだいつもの業務終わってないでしょうし、俺だけでも残りますよ」

「いやいや今日は例外だ、その分は明日頑張ってくれ。深那ちゃんも含めて、ちゃんと来てくれよ?」

「……そ、そっすか。わかりました……」

一ノ瀬さんは泣き止んだものの目も顔も赤い。実際さっき奥さんを呼んだ時から泣いてたから疑われはしないんだけど、いっそのことみんなして俺を非難してくれた方がマシな気がしてきた。豪雨に打たれたい。

「じゃあ……今日のところは帰るか、一ノ瀬さん」

「はっ、はいっ」

うわマジかよ、「返事しないと怒られる」って目してる。俺は高校の体育教師かよ。一応同級生でしかもクラスメイトなんだけどな……何なら隣の席なんだけどな……。

自分の荷物を持って先に表に出る。一ノ瀬さんも出て来たところである事に気付く。

「い、一ノ瀬さん？　前髪まだ留めとく……？」

「――――あ……！」

ふるふると首を横に振る一ノ瀬さん。前髪の両側に留めてるヘアピンを取ると、いつもの様に長い前髪が目元を覆った。それで前が見えるのか心配にもなったけどその反面、泣いた形跡が見えなくなってホッとする自分が居た。

証拠隠滅……あぁ……今日だけで自分がどんどん最低な奴になって行くのが解る。今なら死んでも天国には行けないだろうな。地獄に落ちたうえ針山の上で土下座させられそう。

血の風呂？　鉄臭そう。

別れ際、俺と爺さんにペコリと頭を下げパタパタと去って行く背中を見てやるせない気持ちになった。何故だか爺さんは珍しく俺の背中をポン、ポンと優しく叩いてくれた。やめて、ホントマジで。

◆

いつ家に着いたかわからない。シャワーを浴びて、クーラーの効いたリビングに顔を出したところでここまで自分の意識がどっか行ってた事に気付いた。まだ昼過ぎだというのにこの疲れは一体なに……？　気疲れってやつ？

「渉、ケータイぶるぶる震えてたわよ」

「ああ……スマホな、スマホ」

「あー、そうだったわ」

自分で食ったそうめんの器を洗ってるお袋が通知を教えてくれた。ケータイをスマホに訂正する流れはほぼ毎日のようにしてる気がする。風呂上がりでどこか水の上にぷかぷか浮いてるような心地のまま、スマホのロック画面を開く。滅入ったテンションのせいか、何だか現実感もない。

【あれ？　いま渉見てなかった？】

【ホントだね。今は見てないし、バイトの途中なんじゃない？】

【アルバイト……忙しいのかな】

【うーん……詳しく教えてくれなかったもんねー】

バイトの休憩中にチラッと見た会話の続きだった。一瞬だけ俺が既読を付けた事に触れている。それからしばらく会話が続いてるようだった。あの二人、まだ会話続いてたのか。

【渉は……午後から空いてるのかな】

【空いてるんじゃない？　さじょっちだし～】

空いてる……けど。え、なに？　もしかして俺の都合次第でお誘いしてくれる感じ？　なんてね、流石に女子同士の遊びに男を混ぜるなんてしないだろ。

【さじょっち！　午後から愛ちと愛ちゃんに会いに行こうよ】

うっそマジで？　え、ガチのお誘いじゃん。どうすればいい……今いつものテンションで会える感じじゃないんだけど。教室の中ならともかく、女子二人を相手にするだけでも緊張するってのに。てか〝愛ちと愛ちゃん〟ってややこしいな。

落ち着け。逆に考えよう。今の気分のまま明日を迎えてもグダグダになる未来が既に見えてる。だったら気分転換も兼ねて非日常に飛び込んでみるのも有効な手なのでは……？

てかもっかいシャワー浴びた方が良い？　ボディーソープ強めに。

【アルバイト終わったら教えてね！】という芦田の言葉の次にはもう【今から行くよー】というメッセージが飛ばされていた。どうやら芦田はとっくに部活を終えてシャワーも浴びて夏川の家に向かってるらしい。

「俺が……芦田に遅れをとった……？」

　まさか夏川の事で芦田に負ける日が来ようとは思わなかったぜ……うん、割と負けてたわ。いっつもあの二人羨ましい感じにイチャついてるもんな。仲良くて何より。もう俺の事なんか忘れて良いからこれからも俺の目を保養しておくれ？

【お疲れ。何かすごい話になってんな】

【さじょっち！　高校生同士でお疲れっておかしくない!?　職業病ってやつ？】

【……ちゃんとアルバイトしてるんだ】

【ありがとうございます】

【さじょっち。愛ちが返事に困ってるから】

　話を振ってみたら突然女神が現れてコメントしてくれた。そんなの謝辞を述べるしかないじゃない。お布施、お布施持って行こうか？　あ、それとも小銭投げ込むタイプのやつ？

【さじわゃ】

　……ん？

【さじょーまだ？】

　落ち着け俺。跳び上がりそうな自分を抑え付けるんだ。そうだコンビニのスイーツコーナー買い占めよう。そうだそれが良い。丁度俺も生クリームに溺れたいと思ってたんだよ。

頭の中の糖分すっからかんな気がするし。待っててね、愛莉ちゃん。今日はその元気全部受け止めて自分をイジメ倒すから。

【もう色んなもん持ってくわ】

【愛ちゃんちょっとさじょっち忘れかけてたね（笑）】

【一応、この前少し思い出したんだけど……愛莉がぶつかってた人って言ったら飯星さんの名前が出たわ】

【うそん】

ちょっと愛莉ちゃん……？　そうか、俺のライバルは飯星さんだったのか。これは強敵だな。

【何て言って思い出したの】

【変な頭だったねって……】

【ありがとうございます】

【さじょっち。愛ちに申し訳なく思わせる余地を与えてやってくれないかな？】

俺を思い出させてくれるとかもうマジ感謝。てか芦田、もう夏川ん家居んの？　完全に出遅れじゃん。むしろ行っちゃって良いの？　完全に女子会の空気っぽいし、俺が加わったら空気感ぶち壊しちゃいそう。マジで俺邪魔なんじゃねぇかな……。気遣ってくれてるだけなら遠慮しないでほしい。

【俺行った方が良い？】

これ重要。女心とかマジで解ったつもりでも解ってないとき有るからな。実は俺が気付いてないだけで遠回しに〝私たちは私たちで楽しんでるよ〟って感じなのかもしんない。だって今んとこ女子会よ？　もし勘違いして行っちゃってシラけたらどうすんの。冷静に考えて男が当たり前のように女子の家に行くとか有り得ないじゃん？

だからあえてこう訊くことで二人の本音を――

【え？　来てよ何言ってんの】

【あ、うん】

は、早っ……！

芦田の切り返しが怖くて慌てて返事をしてしまった。え？　なにそんな温度感なの？すっごい当たり前のように言われたんだけど。行かないとむしろ怒られちゃうん感じ？おじさんビックリしちゃったよ。おじさん……う、嫌なの思い出した。

【え？　来るよね？】

【あ、行く行く。今から行きまーす】

【うんオッケー】

き、気のせい……？　何かちょっとメッセージ越しに空気がピリってしてるような……大丈夫だよな？　痛い思いしないよな？　ちょっと芦田さん怖いんだけど。さっきやらかしたのも有るし、もしかしたら〝同級生の女子〟って存在にトラウマ芽生えてたりしてね……はは、ははははは。

いいえ、普通に好きです。

「……ほーん」

夏休みが始まってからバイトを始めたとはいえ、部活もしてない俺が悠々楽々な生活を送っても直ぐにやる事が無くなってしまう。面倒な夏休み課題はまだ残ってはいるものの、バイトの休憩時間に進めるのがルーチンワークになってしまった。そもそも家で勉強できないタイプだからああいう場所が必要なんだよな。

何だかんだで夕方。朝起きてバイトに行って、帰り際に昼飯食って後はスマホのゲームアプリをログイン消化するだけの日だった。これで一日潰せてしまうのが怖い。え、もしかして俺の夏休みずっとこんな感じなの……？

リビングのソファーの前に座って録り溜めしてた音楽番組を消化しながらスマホを弄り回して非リア充な自分を呪う。芦田みたいに部活に明け暮れる日々もアリだったのかねぇ……今さら何かスポーツ始めても仕方ねぇし。小学生のときに水泳習ってたくらいだしな。

「………アンタ、何でソファー座んないの」

「どうせ姉貴に落とされんだろ。あとシンプルに夏場の革製のソファーが暑苦しい」

生徒会の仕事とやらを終えて帰宅し、着替えた――てか脱いだだけの姉貴がやって来た。左手にいつもの肉まんを持っている。今更だけど何でこの姉は晩メシ前に肉まん食べるんだろう………。食前薬なの？　晩メシの消化を促すとか？

「………何それ。この前の歌謡祭？」

「そー。見てなかったから」

「七時からチャンネル変えっから」

「へいへい……」

今さらチャンネル権を握られたところで動じる俺じゃない。少なくともお袋が台所に居る間は姉貴ファーストな我が家。俺がよく見る番組なんて姉貴が見るやつしかないし、今さらそんな事で喧嘩になったりはしない。

でも録画予約を被せてくんのはやめてくんねぇかな……。年末年始とか特にショックがドリームジャンボだから。

「お姉様に向かって生意気じゃない？」

「お姉様………お戯れをぐへっ」

ソファーの真ん中に身を放り出すようにドカリと座った姉貴。そのまま足を伸ばして横に転がるかと思いきや、俺の背中をボスッと足置き場にしてスマホを見ながらソファーに沈み始めた。

今に始まった事じゃないからもはやどうでも良い。何なら良い感じに姉貴の踵が背中のツボを押して気持ち良く感じる。でも油断は禁物だ、この体勢で姉貴の機嫌を損なおうものならその踵が鈍器と化す。一瞬で意識を刈り取られるのは必至に違いない。多分だけど俺、全国の弟の中で一番負け組なんじゃねぇかと思う。

や、何か許しちゃってる感じだけど冷静に考えたらこの姉マジで無礼すぎない？　俺の背中を何だと思ってんの？　男は背中から語るから簡単に踏み付けちゃいけないんだぞ！石原軍団の人が言ってた気がする！

「姉貴、もうちょい上」

「ん」

「あ～……」

足の位置をずらして俺の肩ツボをピンポイントで捉えてくる姉貴の踵。

おかしい………文句を言うつもりが足ポジを要求していた……？　姉貴も何でこういうのだけ言うこと聞いてくれんの？　すげぇ肩気持ち良いんだけど。背中丸めて凝った肩が反発するように背中を後ろに倒す力を強めると、姉貴はそれに応えるように踵を押す力を強める。あ、アァ〜……気持ちぃ〜。

解されていく……。

「………」

「………」

あ、あれ………？　なに、これってもしかして姉貴の優しさ？　や、背中踏み付けられてんのに〝優しさ〟って何だよ。姉貴もなんで俺の言外の要求に応えてくれんの？　実はツンデレだったの？　優しさの裏返しが独特すぎない？　や、てかこれデレじゃねぇだろどうなってんの俺の解釈。

てか待って。コレすげぇ丁度良い背もたれなんだけど。姉貴の脚のバネ優秀すぎない？後ろに体重かけたときの跳ねっ返りがベストオブ背もたれなんだけど。マッサージチェアかよ。

「何でそんなに上手いの」

「は？」

なに訊いちゃってんの俺。

や、訊くだろコレは。どうやったら身に付くわけその足技。あれなの？　日頃から生徒会のＫ４の背中踏み付けちゃってるとか。え、あのイケメンたちの背中に同じことしてんの？　生徒会長なんか大企業の御曹司でしょ一応。そんなこと許されて良いわけ？　何だかんだ嬉しそうにしてる顔が思い浮かぶんだよなぁ……。

「さぁ？　アタシの才能？」

このドヤ顔っすわ。やってますねコレは。ドヤ顔ってかラスボス顔だし。肉まんパクつきながらってどうなんですかね専門家の皆さん。ぜひ昼番組で議論していただきたい。将来はやっぱり……ＳＭ方面ですか？　おい待てよじゃあちょっとどころかめっちゃ気持ち良くなってる俺ドＭじゃねぇか。そんな事は無いはず。姉貴だから許してるけど、これが夏川とかだったら幾ら何でも──夏川が、俺の背中を……？

ちょっと待って胸ドキドキして来た。あれ、俺って実はそっち側だったの？　想像するだけでヤバい。踏まれたい。踏まれたいって思っちゃったよ末期だなこれ。

「アンタ……よその女の子にもコレ頼んでないでしょうね……？」

「まず俺が姉貴に頼んでるみたいな言い方やめろ」

「頼んだじゃん」

や、俺が要求したのは足ポジであって「背中踏んでくれ」とは言ってねぇよ。踏み付ける才能があるからって調子に乗んなよ？　いや踏み付ける才能って何だよ。そもそもどうやったら開花するものなん。生まれ持って来るもんなら業が深すぎない？

「まずそんなに近しい女子居ねぇから」

「ふ〜ん……どーだか」

「んだよ」

「アタシのダチ口説いたやつがよく言うね」

「口説いてねぇから」

四ノ宮先輩が思いのほかガチめの反応返して来ただけだから。俺の冗談を真に受けちゃう先輩がさじょっち検定低いだけ。さじょっち呼び公認しちゃったよ芦田さん……この前知らない女子から急に「ようさじょっちっ！」って肩叩かれたんだけど。思わずときめいちゃったじゃんどうしてくれんの？

「え、待って亜室ちゃん出てんだけど！」

「おごごごッ⁉」

ドドドドドッ、と背中に両足で五連突き。思わずスマホの下の方に出てた訳の分からん広告をタップしてしまった。おい！　変な請求来たらどうしてくれんだよ！　最近のチープなアプリってその辺悪質なんだぞ！

テレビを見ると引退したはずの歌手が『特別ライブ！』なんて銘打ってコラボ歌唱して

いた。大ファンだった姉貴は大興奮。スマホでテレビ画面を撮りまくっていた。

「は？　何あのパンチパーマのオッサン？　亜室ちゃんとコラボとかしなくて良いから。亜室ちゃんだけ聞きたいわけ。引っ込めっつのッ！」

「おぐホッ⁉」

シンプルな突き蹴り。俺の心臓が揺れた。背中のすげぇ凝ってる部分が砕けた気がする。向こう十年はきっと凝らない。たぶん下手なツボ突かれたら破裂して飛び散ってたわ。幼い頃から姉貴のやんちゃに耐えて来た体が「おい来たぞ……来たぞッ!!」と臨戦態勢を整えたのが分かった。多分この瞬間から俺の体は鋼。

耐えろ俺ッ……まだまだイケるぞ！　こんなもんじゃ俺の体は壊れない。気を背中に集めるんだ。指先も集中しろ！　スマホの変な広告触っちゃって架空請求とかシャレになんねぇかんな！　俺のなにか三倍だァッ!!

「はぁ〜……やっぱ亜室ちゃん神だわ」

「んぐぉっ、んぐぉっ」

感嘆をこぼす姉貴の踵がゴリッ、ゴリッと俺の背中で太極図を描く。筋の隙間を抉って体の内側に刺激が届く。痛ッ……ちょ、それ痛ッ……あれ？　気持ちイイ……？　イタ気持ち良いってやつ？　あ、これぁ良いわ……もっと。

「部屋で聴き直そっ」

「ホァッ⁉」

俺の背中で跳ねてソファーの上に立った姉貴。その場で腕を上げて「ん～！」と伸びをすると、キャミを捲り上げて背中をボリボリ掻きながら満足そうな顔でリビングを出て行った。生徒会の連中からすれば垂涎ものなんだろうな……俺からすりゃ何だあのオッサンって感じだけど。

「……ハァ」

お袋に飯ができる時間を訊くと、親父が今日は少し早いから帰ってくるまで待つとの事。これはもう少しかかるかな。俺も部屋でゲームでもするかね。何気に今日はスマホゲーしか出来てないし。

「…………あ、あれ？」

立ち上がってみると、体がめっちゃ軽かった。

あとがき

皆様、お疲れ様です。作者のおけまるです。

第三巻はいかがだったでしょうか。終盤にかけて衝撃的な展開だったかと思います。主人公の立場が自分だったらと思うと、何だか居た堪れないですね。大人しい方と接するときは私もどうしていいか分からなくなる時があります。あまり裏を読もうとせずに接する事が肝要だと陽キャの友達が言ってました。私の事じゃないですよね……？

さて皆さん、ラブゴメウェーブですね。最近は毎月のように多数のラブコメの新作がライトノベルとして刊行されています。少し前までは異世界転生や異世界ファンタジー系が顕著だった気がするのですが、最近はラブコメ作品の数が競ってるような感覚です。編集担当さんいわく、この『夢見る男子は現実主義者』はそのビッグウェーブの中盤に現れた作品だそうです。バランス取って行かないと落水しそうで怖いですね。今回はそんな流行りの成り行きを私個人の目線で語って行こうと思います。

そもそも私ことおけまるはネット小説寄りの人間です。初めてガラパゴス携帯を手にした中学生の頃から十年以上、趣味が変わることなく読み続けています。二〇〇七年頃ですかね、私の好みや経験則になりますが、当時は学園ラブコメといった現代恋愛ジャンルの作品が多く、異世界転生系どころかファンタジーというジャンルそのものが少なかったという印象です。『異世界転生』という発想や共通認識が生まれる前ですから、王道ファンタジーはたくさんあったんだと思います。単に私が全く手を付けなかっただけかもしれませんね。

当時はそもそも〝ネット小説〟と呼んでなかった気がします。私は携帯からサイトに繋いで読み耽っていましたから、媒体が携帯だった方は〝携帯小説〟と呼んでいたのではないでしょうか。今では全く聞かなくなりましたね。今では電子媒体の投稿作品は専ら〝ネット小説〟〝web小説〟としか呼ばなくなりました。それに世間の方がその言葉自体を認識してるというのも大きく変わった点だと思います。

あとそうですね、PC上では前からあったのでしょうが、携帯での二次創作の波は当時から始まった印象です。〝同人誌〟という形での二次創作は私が生まれる前から存在しますが、〝ネット小説〟という形でネット上に無料投稿され、広く読まれるようになった黎明期がそのタイミングだったのではないでしょうか。私も数々の作品を拝読させて頂きました。中には二次創作から入って初めて原作を読んだケースもあったと思います。

二〇一〇年頃、私の記憶ではその時期は『学園バトルファンタジー』の勢いが凄まじかった記憶です。忘れもしません、鬼教師の授業中にこっそり読んでるのがバレて廊下に投げ飛ばされた友達が読んでたのがまさにそれでした。それだけでなく、その時期はネット小説、ラノベ、アニメ、その全てをこのジャンルが席巻してた印象ですね。当時のファンタジー系はまだ王道な冒険ものが多かった気がします。

そこから二、三年くらいが激変期だった印象です。もちろんラブコメや学園バトルファンタジーの勢いも凄かったですが、この時期にネット小説界に現れたのが『異世界転生ファンタジー』でした。初めてそのジャンルの作品を読んだ時はどハマりでしたね。「俺TUEEE」な展開が読んでて気持ち良いのなんの。このジャンルの作品は今でも読み続けてます。とにかく読んでて気持ち良い。このジャンルがライトノベルとして刊行されるようになるのはもう少し後の話ですかね。最初はネット小説界に切り込んで来た印象です。

あとこの時期くらいからですかね……ネット小説の作品名がやたら長くなったのは。小説投稿サイトの台頭もあり、作品が埋もれてしまう事態になったのだと思います。あらすじではなく、題名で〝この作品がどういった内容か〟を説明する事でユーザーが手に取りやすくする、という戦略ですね。正直なところ、私も今はあらすじより作品名で手に取っている気がします。普通な作品名だと逆に「おっ」となってあらすじを読みに行きますね。裏の裏をかいた戦略もアリなのではないでしょうか。

二〇一二～二〇十八年頃まではずっと『異世界転生ファンタジー』が席巻(せっけん)してる印象ですね。私もそればかり読んでました。ネット小説ユーザー、ライトノベルユーザーも多くの作品を目にしたのではないでしょうか。その時期の他ジャンルと言えば、広くは流行ってはおらず、ビッグタイトルの作品がズドン、ズドンと置かれてる印象ですね。現代ラブコメと言えばあの作品だし……学園バトルファンタジーと言えばあの作品だし……なイメージです。そしてこの時期に現れたビッグジャンルが『オンラインゲーム』というジャンルですね。もう大好き。そんな尖った作品の数々が独占してそのジャンルを圧倒していたため、数え切れないほど多くの作品が、という印象はあまり無いですね。

そして二〇一八年、この時期に各業界で流行りの差が生まれたような気がします。何と言っても『異世界転生ファンタジー』作品のアニメ化。これがネット小説業界とライトノベル業界をぶち抜いて世間に知らしめましたね。テレビで菅田将暉が普通にその話するんですよ？　信じられますか？　一方でライトノベル業界とネット小説界隈は異世界転生の波が少し収まった印象です。飽和したんでしょうね、他の作品と話の内容が被らないようにしたい、市場の少ない穴を狙いたい、そういった意図から全ジャンルで王道を外す傾向の作品が増えた気がします。もちろん異世界転生の作品もまだまだ多いですが、その界隈では少し趣向を凝らしたものが多いですね。ネット小説を始めて読む方には、ちょっとハードルが高くなってしまったかもしれません。私は知り尽くしてるので超楽しめるんですが。

そんな最中、恐らく少しずつ右肩上がりになって、最近になって盛り上がりを見せているのがラブコメジャンル、らしいです。個人的には一周回った感覚ですね。アニメ業界ではこれから盛り上がる印象ですが、ネット小説、ライトノベル業界はラブコメがかなり増えている印象です。怖いですね。おけまる、頑張ります。

以上、私の感じた流行りの変遷でした。中盤ふわっとしてましたね。その時期は人生の分岐点的なのが多くて超忙しかったのだと思います。それでも私の心を癒すものはいつだってこれらの作品の数々でした。学生の皆さんは今まさに当時の私みたいになっていると思います。この『夢見る男子は現実主義者』が、皆さんにとってそんな作品になれる事を願っております。

おけまるでした。

HJ文庫 http://www.hobbyjapan.co.jp/hjbunko/
908

夢見る男子は現実主義者 3

2020年12月1日　初版発行

著者――おけまる

発行者―松下大介
発行所―株式会社ホビージャパン

〒151-0053
東京都渋谷区代々木2-15-8
電話　03(5304)7604（編集）
　　　03(5304)9112（営業）

印刷所――大日本印刷株式会社

装丁――coil／株式会社エストール

Printed in Japan

ISBN978-4-7986-2368-9　C0193

聖剣士さまの魔剣ちゃん 1

～孤独で健気な魔剣の主になったので全力で愛でていこうと思います～

著者／藤木わしろ
イラスト／さくらねこ

聖剣士ですが最強にかわいい
魔剣の主になりました。

国を守護する聖剣士となった青年ケイル。彼は自らの聖剣を選ぶ儀式で、人の姿になれる聖剣を超える存在＝魔剣を引き当ててしまった！　あまりに可愛すぎる魔剣ちゃんを幸せにすると決めたケイルは、魔剣ちゃんを養うためにあえて王都追放⇒辺境で冒険者として生活することに……!?

紙山さんの紙袋の中には 1

著者／江ノ島アビス
イラスト／neropaso

コミュ障美少女、大集合。

抜群のプロポーションを持つが、常に頭から紙袋を被り全身がびしょ濡れの女子・紙山さん。彼女の人見知り改善のため主人公・小湊が立ち上げた『会話部』には美少女なのにクセのある女子たちが集ってきて……。

追放された落ちこぼれ、辺境で生き抜いてSランク対魔師に成り上がる1

著者／御子柴奈々
イラスト／岩本ゼロゴ

追放された劣等生の少年が異端の力で成り上がる!!

仲間に裏切られ、魔族だけが住む「黄昏の地」へ追放された少年ユリア。その地で必死に生き抜いたユリアは異端の力を身に着け、最強の対魔師に成長して人間界に戻る。いきなりSランク対魔師に抜擢されたユリアは全ての敵を打ち倒す。「小説家になろう」発、学園無双ファンタジー！

発行：株式会社ホビージャパン

常勝魔王のやりなおし1
～俺はまだ一割も本気を出していないんだが～

著者／アカバコウヨウ
イラスト／アジシオ

小説家になろう発、最強魔王の転生無双譚！

最強と呼ばれた魔王ジークが女勇者ミアに倒されてから五百年後、勇者の末裔は傲慢の限りを尽くしていた。底辺冒険者のアルはそんな勇者に騙され呪いの剣を手にしてしまう。しかしその剣はアルに魔王ジークの全ての力と記憶を取り戻させるものだった。魔王ジークの転生者として、アルは腐った勇者を一掃する旅に出る。